怪力魔法ウォーリア系転生TS
アラサー不老幼女新米侍女

Super strength magic Warrior
Reincarnation TS
Around 30 years old
Eternal little girl Beginner maid

Leni
Illustration ハル犬

CONTENTS

1．私の履歴

三十歳を間近に控え、私は就職活動をすることにした。

人の寿命が七十歳弱のこの国で三十路近くになって職探しをするというのは、特殊な事情を抱えていそうな話に聞こえるかも知れない。

しかし私は別にこの歳まで無職でいたわけでも、失業したわけでもない。

今就いている仕事がお世辞にも安定した仕事といえるものではないため、平穏な生活と安心できる老後のために、ちょっくら転職でもしようと思い立ったのだ。

私の『前世』では就職活動をするにあたって、履歴書を書く必要があった。

『今世』の国では履歴書を書く文化がないが、ちょっと特殊な私の経歴をまとめるために、人生の履歴を振り返ってみようと思う。

◆◇◆◇◆

私は転生者である。

というのも、生まれて死んだ前世の記憶というものを、私は持っているのだ。前世は地球生まれの日本男児だった。一人の日本人として人生を謳歌し、短く太く生きそして死んだ。

前世の経歴は今世の就職活動にさほど関係あると思えないので、今回振り返るのは省略する。

で、転生である。輪廻転生。

今世の私はある少数民族の姫として生まれた、らしい。

らしいというのは前世の記憶が今の精神に馴染むまでの間に、私はその民族の庇護の下から離れていたのだ。

物心ついた幼い頃の私は、父に連れられ諸国を漫遊していた。

旅人である。旅の仲間に母はいなかった。

なぜ私が母のもとから離れて旅をしているのか父は語らなかった。が、私が姫であること、そして母が生きていることは父から教えられた。

寡黙な父だった。その父から私は、この世界での生き方を学んだ。

私は転生者である。そしてこの世界は地球ではない。

地球から遠く離れた外宇宙の星なのか、次元を跳躍した異世界なのかはわからない。わかる必要もない。この世界で新たに生まれた私は、地球に戻りたいという思いは特に抱かなかった。

この世界は日本人である前世の私から見て、簡単に言うと「剣と魔法のファンタジー世界」だった。

文化は中世や近世の西洋にどことなく似ていて、日本語でいうところの魔法に当てはまる不思議な技術体系が存在した。

この世界独自の動植物の他に、大地の地脈の悪意からこぼれでた魔物なる異生物も存在した。

父は旅を続けながら魔物を退治して金を稼ぎ、そして私にも魔物との戦い方を学ばせた。

齢五つにも満たない娘に巨大な両手剣を持たせてさあ振るってみろ、などちょっとありえない教えを受けたのだが、私自身もちょっとありえない生物なので問題はなかった。

今世の私は人間である。

人間なのだが、人間離れした力を持って生まれていた。

私は生まれつき怪力だった。女として生まれ変わってからというもの、私は物を持って重たいと感じたことがほとんどない。

成人していない小さな身体で軽々と人を持ち上げ、馬（のような四つ足の動物）を持ち上げ、岩を持ち上げ、小屋を持ち上げることができた。

どうもこの世界では、ときたま特異体質を持って生まれてくる人間がいるらしい。私達のような存在は『魔人』などと呼ばれているようだ。ちなみに『魔人』は勝手に私が日本語訳した訳語だ。

そんな『魔人』に生まれた私は父から魔物と戦うための剣技を学び、国々を旅して歩いた。

「お前には苦労をかける」

そいつは言わない約束だよおとっつぁん。

私はそれなりに父を尊敬し、共に旅路を行きすくすくと育った。

そんな旅の生活を続けるある日、父が死んだ。

ある町で魔物退治の仕事を請け負い、魔物に挑んで返り討ちにあった。いや、父上さすがに竜退治は無謀でしたよ。

唯一の肉親である父を失った私は、孤独の身となった。母のいる遊牧民のもとへと戻るにも、この時の私はその場所を知らない。

父にこの世界での生き方を学びはしたものの、そのとき私はわずか七歳。父が町に作った知り合い達は、それを見かねていろいろ手を尽くしてくれた。

気がつくと私は町の外れの塔に住む魔女のもとに、養女として引き取られることになった。

私は生まれつき怪力なだけではなく、強い魔力も持っていた。

魔力というのは魔法を使うために人間が使う不思議パワーである。生物であれば多かれ少なかれ身につけているパワーらしい。ただ、私に強い魔力があると言っても『魔人』に分類されるような先天的な超魔力というわけではない。

実は私は生まれつき言葉を話せない。

怪力魔人として生まれた弊害か、人間とはちょっと身体の作りが違っていて、声を発する器官が備わっていない。

そのためか、本来なら声と一緒に口からどばーっと飛び出すはずの魔力パワーが、身体の中に溜まっている。そこに目を付けた魔女さんが、自分の後継者にするため、私を養女として引き取ってくれたらしい。

剣の使い方と野営の仕方と魔物の殺し方しか知らないような脳筋幼女が、一転して人類の英知の結晶である魔法を学ぶことになった。

本当に私が単なる脳筋幼女だったら、その境遇にくじけていただろう。

だがしかし。

私は転生者である。

元日本男児である。地球でも比較的高い教育水準の国で生まれ育った記憶がある。

まあ要するに、魔法なる一種の学問を学べるだけの知性が生まれつき備わっていたわけだ。魔法自体にはさほど興味がなかった当時の私だが、衣食住が魔女に保障され、他にやることもなかったのでそれなりに熱心に魔法を学んだ。

そして私がこの世界で十歳と少しになったある日のことだ。

「もうあなたに教えることはない、とは言いません。でも、もうあなたに教えてあげることはできない。なので私の秘技をあなたに伝えます」

年若い少女の姿をした魔女がそんなことを言い出した。

見た目はどこの国のお姫様だと言いたくなるような若く美しい魔女だが、実は不老の身で歳は二百を超えていた。

そして不老ではあっても不死ではなく、魔力の衰退による死が近いと常々こぼしていた。

で、その日の魔女は言ったのだ。

「明日私は老衰で死にます。なのであなたには私の生きた証として後継者になってもらいます」

寝耳に水だった。

明日死ぬなど急に言われても。

しかし、魔女はすでに死ぬ準備を一人で全て終えていたらしく、最後に私に魔法の秘技を残すだけとなっていた。

理解の追いつかない私に、魔女は一つの首飾りを渡した。

それは魔女の『魔法使いとしての証』だった。首飾りについた宝石の中には、魔女の魔法使いとしての全ての経歴が魔法で刻まれていた。

魔女は私の首にかけたその首飾りを通じて、魔法の秘技を伝えた。

それはすごくあっさりとした魔法の儀式だったが、魔女に宿っていた魔法の力が私に受け渡されたのがわかった。

その翌日、魔女は美しい少女の姿のまま死んだ。

いつの間にか町の者達は葬儀の用意を整えていた。生前の魔女に、死ぬ日を伝えられていたのだという。

葬儀はつつがなく進められ、魔女の塔の横に小さな墓が作られた。

私は母のように慕っていた魔女の死を悲しみながら、もう一つ突き付けられた現実に涙した。

――ああ、十歳のこの身体で不老になってしまった。

魔女から渡された魔法の秘技には不老の術も含まれていた。それは任意でかける便利な魔法ではなく、不老は秘技を扱うために必要な一連の魔法システムに組み込まれた、セット効果だった。

不老だけ取り外したくても、秘技は完成度があまりにも高く、いじりようがなかった。

こうして一人の怪力魔法ウォーリア系転生ＴＳ不老幼女が生まれたのだった。

◆◇◆◇◆

「つまり私は死ぬまでこの小さな身体のままなのだ」

私はここまで話を聞いてくれた一人の男性に向かい、そう言葉を締めくくった。

ここは魔女のいた塔のある地の領主の館。目の前で私の話を聞く男性は、領主であるレン・ゴアード・パルヌ・ボ・バガルポカルである。

長ったらしい名前だが、要約すると次のようになる。

パルヌ家のゴアード侯爵《レン》。領《ボ》地はバガルポカル領。日本人風に短くするとパルヌ・ゴアードさんだ。

口髭《くちひげ》の似合う渋いアラフォー親父である。ただし。

「なるほど。いやー、会ったときからずっと変わらない美幼女なのは、そういうわけかー。てっきり長寿種族の血でも混じっているのかと思ってたよ」

口を開くとすごくフランクなのだ。見た目渋い侯爵のくせに。

残念美人ならぬ残念貴人である。

「幼い姿で成長の止まる長寿種族はおらんよ。生物として、不利な子供の状態で長い時を過ごす利点がない」

よくある私の姿についての勘違いを目の前の男、ゴアードに語る。

「そういうわけで、この幼い姿のまま老後を迎えるまで、私を雇ってくれるような仕事先を探しているのだ」

私がなぜわざわざ侯爵の館に来ているかというと、就職活動の一環である。

十歳のあの日から三十路を間近に控える今日まで、私は『庭師』として過ごしてきた。庭師といっても、別に貴族の庭を剪定する園丁のことを指しているわけではない。園丁などという安定した職業についているなら、こうして転職先を探してつてを頼り、国中を飛び回る必要はない。

『庭師』とは、『剣と魔法のファンタジー』風に言うと、いわゆる冒険者である。

魔女の庇護がなくなった私は、魔女の弟子という経歴をひっさげて冒険者の免許を取った。なんと免許制である。

魔法を学びはしたが、私は魔法の真理を探究するよりも、今世の父に学んだ魔物退治の力を活かす生き方を選んだのだ。

免許を取り、魔物を倒し、世界という未知の庭を切り開いていく『庭師』の生活を続けること二十年弱。

満ち足りた年月だったが、歳を取り、「いい加減一ヶ所に腰を落ち着けてゆっくり生活すべきかもしれない。アラサーだし」と考えるようになった。

その考えに最適解とも言える職はある。専業主婦である。

しかしこの身は永遠の十歳児。結婚などありえない。

いや、実際のところ、縁談は『庭師』時代、何度かきている。幼女なのに。

愛に見た目など関係ないとうそぶくロリコンの縁談は、ことごとく蹴ってある。

なぜなら私は転生者である。元日本男児である。

男の精神を持って女に生まれ、そして十歳で成長が止まった。

第二次性徴は迎えておらず、それにともなう精神の変調が起きていない。

つまり今の私は、幼女ボディの元男精神のアラサーなのだ。

男精神とはいっても、今世で女性に対し性的な好意を持ったことはない。

第二次性徴前の女の脳を持っているからだろうか。前世の記憶をたぐると、確か男と女とでは脳の構造が違ったはずだ。もちろん同性愛者はこの世界にも存在するが。

ただまあ私の場合は、男にも女にも恋愛感情を持ったことは今のところないのである。

なので私は、主婦という選択肢を捨て、十歳児の身体で一人老後まで働き続けられるような就職先を探さねばならないのだ。

「何かいい働き先はないだろうか。領主ならば多くの職を把握しているだろうと、恥ずかしながら頼った次第なのだ」

「まあ領地運営している以上、人材には常に飢えてるけどねー」

ふうむ、とゴアードは立派な黒の口髭をいじりながら言う。

「君ほどの『庭師』なら、お金には困っていないんじゃない？　それこそ、そこらの下級貴族並の蓄えがありそう」

「ああ、武具につぎ込むだけつぎ込んでも、なおありあまる金はある」

「じゃあ無理に働かなくても、遊び人として過ごせばいいんじゃないかなー？」

それはいけない。最悪の解だ。

「若くして自由人になるなどとんでもない。そういうのは隠居してからだ。ゴアードも侯爵ならばわかるだろう。働かない良家の次男三男が、いかに人間として腐っていくかを」

「うーん、一理あるかな」

この国の貴族は男子が家を継ぐ。家を継ぐ長男以外の男は、家から仕事を与えられなければ、家の財産を食いつぶすだけの『ニート貴族』になる。

そして、領地を運営する貴族の家には税として多くの富が集まる。貴族の家には『ニート貴族』を養うための財があり、そしてそれを許容する貴族間の常識がある。

私は『庭師』として貴族からの依頼をこなすことも多くあった。その数々の仕事で見てきた働かない次男坊三男坊達は、みな人としての活力が乏しく、また中には常識知らずのろくでもない人間になっている者もいた。

「やはり老いるまでは、手に職をつけていたほうがいいと思うんだ。私は老いないが」

「『庭師』は駄目なん？」

「『庭師』の仕事は好きだし誇りを持っているが、荒事にもそろそろ疲れたんだ。安定した職について少しゆっくり生活したい」

魔物を倒し、秘宝を探し、巨獣を討伐し、世界の真相を知り、悪竜に挑む勇者を助け、滅びに向かう国を救った今までの生き方に後悔はない。だが、さすがにそろそろ激動の世界を若さだけで乗り切るのに、疲れを感じてきたのだ。

いつの日か、私は平穏な生活と安定した老後というものに恋焦がれるようになり、そして今、職を求めて侯爵の前にいる。

「ふーむふむ。お金があるなら自分から新しい仕事を興してみるのも悪くないんじゃなーい？」

「それは駄目だ。私には商才と人を率いる才がないからな」

それについては日本男児であった前世の頃に、嫌というほど痛感している。

そういうものに、てんで向いていないのだ。

「与えられた仕事や、やらなければいけない仕事をこつこつとこなすのがいい」

「じゃあれだ。魔女さんの後継者なら魔法の研究をするのは駄目なのかい？」

「ああ、駄目だな。そもそも私が塔に留《とど》まらず『庭師』になったのがそれだ。私は生まれつき声を出せないから、詠唱ができない」

私は魔女から多くの魔法を教わった。しかしながら、体質上その多くを使いこなすことができない。私は言葉をしゃべれない。声にのせて身体の中の魔力を組み立てることができない。魔法を使うのに必要な詠唱ができないのだ。

今こうして侯爵と面と向かって言葉を交わせているのは、詠唱のいらない簡単な音の魔法で周囲の空気を振動させて、仮初めの声を作りだせているからだ。

ゆえに私は魔法使いではなく、いくつかの魔法が使えるただの戦士でしかない。

「なので、仕事の斡旋先は魔法に関係ないものを紹介していただきたい」

「うーん……よし、わかった。いい仕事があるよ」

ゴアードは口髭をいじる手を止め、にやりと渋い笑顔を作った。

「む、今日は伝えるだけにして後日また伺おうと思ったんだが、もう心当たりがあるのか」

あくまで頼れるつての一つとして無理言ってこの侯爵家を訪ねたのだが、幸先は良いようだ。

「ああ、あれだ」

そう言ってゴアードは立てた親指を横に向け、何かを指し示した。

「?」

彼の動作に私は疑問符を頭に浮かべた。彼の指の先には、ひっそりと佇む女官がいるだけだ。

彼女は、部屋に案内された私に茶を淹《い》れてくれた後、ずっと部屋の隅に立っていつでも主人の指示に応えられるよう待機していた。

「十六年前の秋に、君に頼んだ依頼覚えているかな？　西のサマッカ館の護衛」

「ふむ……ああ、あれか。覚えているとも」

ゴアードが侯爵を継いで一年と少しが経った頃のことだ。

その頃すでに私は彼から何度も依頼を受けて、その全てを成功させており、信用に足る『庭師』として目をかけて貰っていた。

なにぶん十歳で見た目の成長を止めた身だ。人一倍実績を残さないと大きな仕事は得られない。

私の拠点である魔女の塔。その土地の領主であるゴアードからの依頼は、受けるに越したことはなかった。

その時受けた依頼は、領地の西にある狩猟用の屋敷、サマッカ館でのパーティの護衛だ。

国中の若い貴族達を集めてのパーティが三日にわたって開催される。その招待客の一人に悪魔の影ありとして、悪魔退治の経験がある私が呼ばれたのだ。

だが、貴族の集まりの中で、騎士でもない私が鎧を身につけ両手斧を携えて構えているわけにもいかない。

そこで取られた手段が。

「侍女見習いに扮して護衛に当たったったんだったな」

「うん、そう。それだよ」

「ふむん？」

それとは？

「侍女の仕事なら紹介できるよー。君、貴族じゃないけど、前王陛下から名誉勲章貰ってたよね？それに『庭師』の免許も最高の種別だ。だから貴族の子女相当として推薦できるし、なにより侍女は生活が安定していて社会的地位の高い仕事だよ」

「侍……女……」

その提案を拒否する材料は私には特になかった。

貴族社会の中に飛び込めるだけの教養を身につけている自信はない。が、全く新しい仕事の世界に足を踏み入れるならば、どこでもそんなものだ。

こうして私、キリン・セト・ウィーワチッタは怪力魔法ウォーリアア系転生ＴＳアラサー不老幼女新米侍女となったのだった。

2・私の門出

侍女として斡旋された先は王城でした。

……ちょっとわけがわからない。

王城と言えば王城である。王国の中心であるあの王城である。

王族が住み、政務を行う多くの貴族が勤めており、近隣国で最強と名高い近衛騎士団の宿舎があり、世界の中枢である『幹』との関係も深い宮廷魔法師団があり、若き国王の側室が集められた華やかな後宮があり、薔薇（のような花）が季節問わず咲き乱れる有名な植物園がある、あの王城である。

『庭師』時代に何度か訪れたことはあるが、あくまで客の立場として短期間滞在したことがあるだけだ。

それが今や侍女である。

この国における侍女とは、貴族の屋敷などに住み込み、主人や客人の身の回りの世話をする女官のことを指す。

その仕事の性質上、侍女は貴族や豪商などの高い身分の家柄を持つ子女がなる。終身雇用先として侍女になることもあれば、貴女の花嫁修業として短期間勤めることもある。

少なくとも『庭師』出身の私がなるような仕事ではない。

いや、これでも私の生まれは一応少数民族の姫であり、『庭師』の冒険の最中にその遊牧民を見つけて姫の証明を受けてはいる。

ただ、魔物を狩って野をかけずり回ってきたような私が王城の侍女になるなど、前代未聞の事態なのだ。

どこかの辺境貴族の屋敷付き侍女なら別に問題はないか、と例の侯爵の話を受けたわけだが、斡旋先が国の中心など予想だにしていなかった。

王城付きの侍女。

侍女の仕事柄、王城に住み込むことになる。これはまあ問題ない。

私の経歴は、まだ有効な『庭師』の免許がしっかりと保証してくれている。過去の怪しい人物ではないと声を高くして断言できる。声帯がないので声はでないが。

侍女の業務。

王城で要職について働く人々は、いずれもやんごとない家柄の人々だ。侍女はそんな人々の身の回りの世話をする。

これが問題だ。免許で経歴が保証されているとは言っても、私自身の身分が高くなるわけではない。とある民族の姫だと言っても、この国にいる誰もが「どこそれ」と首を傾げる知名度だ。そもそも姫として育ってないので王城という場で侍女の業務をするには支障がある。

いや、私自身は侍女になると決めた時点で貴族社会に馴染む気満々だ。だが、私に奉公を受ける側の人からすれば、『庭師』出身の娘が侍女としてうろつくことにどういう反応をするのか。

侯爵推薦というカードがどこまで通用するのやら。

これが下女なら問題はなかった。

下女は位の低い女官のことで、貴族の娘である侍女に任せられない掃除だとか洗濯だとか力仕事だとかを受け持つ。

うむ、下女の仕事は得意だ。魔女の塔は私一人で管理しているので掃除や洗濯はお手の物だし、力仕事なら一般人が百人がかりで持ち上げられないものでも持ち運べる自信がある。

王城だと下女もそれなりの身分の者である必要があるが、別に『庭師』出身でも問題は感じられない。

『庭師』は貴族の子女がなるような職ではないが、厳正な審査を通過した者だけが上に登れる平民憧れの職業なのだ。さすが免許制。

奉公先が王城と知って、私は王城なら下女にしろと侯爵に言った。

言ったのだが、侯爵は侍女でいいと頑《かたく》なに意見を変えなかった。というかすがりついて侍女になってくださいと嘆願された。

そもそも私は選択肢の一つとして侯爵を頼っただけで、侯爵の紹介してくれた仕事に就く必要はない。だが、『庭師』をやめるなら王城付き侍女になってくれと、お願いされてしまったのだ。

その理由はと言うと。

「キリンお姉様！　お待ちしておりました！」

リレン・ククル・パルヌ・ボ・バガルポカルが、花嫁修業のため王城付き侍女として奉公しているからだった。

リレンとは侯爵家の子供を指す名。つまりは、私より先に侯爵家から一人、愛娘《まなむすめ》が侍女として王城に住み込んでいるわけだ。

バガルポカル侯ゴアードは親バカであった。

一年と少し前、私は侯爵に「娘が家を出ていってしまう、どうにかしてくれ」と泣きつかれたことがある。

知らんがな。

とそのときは返したものの、渋いアラフォー親父がだだをこねて泣く姿にはなんともいえない微妙な気分にされたものだ。

そして今回侯爵から斡旋された仕事は、ククルと同じ王城付きの侍女。

つまり私は、ククルのお目付役としてここに送り込まれたことになる。

「久しぶりだな、ククル。元気だったか」

「はい！」

父親ゆずりの黒い瞳をキラキラと輝かせてククルが答える。

前世の日本を思い出させるような艶やかな黒髪が日の光に映えている。

立派に育ったものだ。彼女のことは乳飲み子だった頃から知っているが、私のように途中で背の伸びを止めることもなく、立派な貴族の子女として美しく成長した。

両親に甘やかされて育った完全な箱入り娘だったため、侍女として奉公すると聞いたときは侯爵ほどではないが私も驚いたものだ。

奉公の理由が、『庭師』として世界中を回った私の冒険話を聞いて、自分も屋敷の外の世界を見てみたくなったからだと聞いたときは、私も苦笑するしかなかったが。あと侯爵ににらまれた。

「侍女長に書面を渡すよう君の父から言われているんだが、ククルが案内役ということでいいのか」

「はい、侍女長に無理言って、案内の役目を受けさせてもらいましたの！」

ここは王城の門前。

城へと参上した私は門番に新たに侍女として赴任してきたことを伝えたところ、迎えが来るので待つよう言われていたのだ。

通常、新たに奉公しにやってくる侍女は、身の回りの荷物を載せた馬車（正確には馬のような草食動物の引く車）で参上するのが普通だと侯爵が言っていた。

しかし私はそれほど荷物などない。元々が鎧と武器と野営道具だけで世界中を回っていたような人間だ。それらを持つ必要がないなら、いくらかの着替えと路銀だけ持って徒歩で王都に向かった方が早い。魔人なので馬より速く走れる。

そんなわけで私は、平民の下女のように一人で王城に参上したわけだ。

迎えとしてやってきたククルと言葉を交わしている最中も、門の詰め所の兵士達がじろじろとこちらを見てくる。

やはり侍女の一人登城というのは珍しいのだろうか。

「なんかどこかで見たことねえ？」

私の無駄に高性能な聴覚が、ひそひそと話している兵士の言葉を捉えた。

「いや、貴族の子なんだから、どっかの夜会で見た覚えがあってもおかしくないんじゃねえか？」

うん、すまない。私は王城のパーティに参加したことはあるが、貴族の夜会に出た覚えはほとんどない。

きっとあれだ。私が前の仕事で鎧と大戦斧を身につけて登城したときに、目にすることがあったんだろう。

そして今の私は侯爵に貰った貴族用の外出着を着ている。そのギャップで同一人物だと気づけないのだろう。ただ、それを彼らに指摘する必要は特にはない。

「それではお姉様、案内しますわ。ようこそ、クーレンバレン王城へ！」

ククルに手を引かれ、私は王城の中へと足を踏み入れた。

別に手を繋いでもらう必要はないのだが、ククルのニコニコとした笑顔を見るとそれを言うのも野暮かと思い、おとなしくすることにした。

ゴアード侯とは昔から依頼主と『庭師』という関係だけではなく、気の置けない友人として良好な関係を築いていた。

ゴアード侯と知り合ったのはククルが生まれるより前のこと。彼から友人として屋敷に招かれることも多く、娘のククルにはいつの間にか姉のように慕われるようになっていた。それで呼び名が「キリンお姉様」だ。

もっとも、ククルの歳が十を超え立派な少女となった今では、手を引かれる私の姿は姉ではなくむしろ妹のように周りから見えることだろう。

元日本男児としては情けないものだが、さすがに永遠の幼女となって二十年弱。そういった待遇ももう慣れたものだ。彼女が九歳を超える頃には、背の高さを追い抜かれていたしな。

手を引かれるまま門をくぐり、王宮の中へと入る。

先を行くククルから、ほのかな薔薇（のような花）の香りがかすかに鼻に届いた。

ククル、色を知る歳か。

いや、王城付きの侍女としてはその程度のおしゃれはして当然なのだろうがね。

さらにいうと私の嗅覚が魔人として秀ですぎているだけで、実際は周囲に香りを振りまかない程度の控えめな量の香水を身につけているだけだろう。

いや、香水じゃなくて香り袋かもしれない。

物理的に子供を持てない私としては、この娘の少女としての成長にほのかな嬉しさを感じる。

『庭師』として目をかけた若手達の成長は、誰もが切った張ったの血なまぐさい香りと一緒だった。

だが、今私が足を踏み入れようとしている新たな人生は、そういった荒事とは無縁の安定した公職の世界なのだ。そう考えると、心がほんわりとする。

ちなみに私も血なまぐさぶっちぎりの人生を歩んで参りました。

魔物は大地の悪意が染み出した魔力の塊だから切っても血はでない。だが、魔物以外にも巨獣とか生物としての竜とか人間とかは斬ったら血のシャワーを全身に浴びるわけで、今世の私の青春は血の香水の香りを周囲にぷんぷんと漂わせていました。

すげえ！　薔薇オーラ満載のククルとは正反対の生き方だ！

それでも彼女のお目付役として侍女になった以上、薔薇は無理でも青百合（のような花）のオーラを身につけてみせるぞ。

花言葉は新たな門出。ちなみになぜそんな高尚な知識を身につけているかというと、ここに来るまでの侯爵夫人のスパルタ貴族社会入門教育のたまものだ。

とまあ、ククルの成長を嬉しく思いつらつらと無駄な思考を日本語でぐるぐると巡らせているうちに、私達の進む廊下の様相が少しずつ変わってきたことに気づく。

「ふむ、使用人用の通路……いや、生活圏かな？」

見張りが幾人も直立不動していた王宮の入口とはうって変わり、今進む通路では下女や下男や小姓達が慌ただしく行き交っている。

私の言葉に、ククルは無駄に尊敬の視線が混じった笑顔を私に向けると、その砂糖菓子のような甘い声で答えた。

「ええ、しばらくお仕事に慣れるまで、キリンお姉様はこのあたりを生活の場所にすることとなるでしょう。市井出身の方も多くいらっしゃいますし、過ごしやすいかと」

ふぬん。この程度の誰でも気づきそうなことで、感心した目を向けられても困るのだがね。

「侍女長の執務室はこの近くです」

「侍女は侍女、下女は下女と女官の位で仕事場が隔絶されていないのだね」

「侍女は力仕事をしませんし、汚れた王宮の掃除もしません。しかし、そういった仕事が必要な場所を侍女が見つけることがあります。そのときに私どもは下女の方に的確に仕事を割り振る必要があります」

中間管理職というわけか。

「もちろん、下女の仕事内容を下々の者が行うものとして見下している侍女は、この城では居ませんわ。仕事の違う女官同士が円滑なコミュニケーションを取ることで王城が回っている、とは侍女長の言です。私も下女の方に何人か友人になっていただきました」

ふむ。ふむふむふむ。これはこれは。

「ククル、見ない間に一人前の貴族になったな。外面だけではなく内面もとても美しく育って、姉の立場として非常に誇らしい」

ククルが王城付き侍女の仕事に誇りを持っていることがよくわかる。働いている姿はまだ見ていないが心構えは一人前だ。

そしてククルの表情を見て、もう一つわかったことがある。少なくともククルの周囲における女官という仕事は、とてもやりがいのある仕事なのだろう。

昔から無理難題ばかり持ちかけてきた侯爵も、たまには良い仕事を持ち込んでくれるものだ。

「……キリンお姉様」

「なんだね」

「ぎゅっとしていいですか」

ふぬ？

ってああ、ぎゅーってされた！　敵意も悪意も何にもないから完全な不意打ちでぎゅーっとされた！

待て、今の流れでは私の方からククルをぎゅーっとする場面じゃなかったのか。

くそう、香り袋からだろうか、漂うほのかな香りが心地良いじゃないか。

◆◇◆◇◆

ククルに手を引かれ侍女長のいる部屋にやってきた私は、侍女長に侯爵からの書面を手渡した。紹介状である。

もちろん、事前に王城には侯爵家から私の細かい経歴を載せた推薦状が送られている。今回のこれは、侍女の仕事を始めるにあたっての身元照合のようなものだ。

この国には写真技術がない。カメラと似たような役割を持つ魔法や魔法道具は存在するが、一般には広まっていない。

なので、王城に来て新人侍女ですと言っても、ちゃんと本人かどうか確認する手順を踏まなければならないのだ。

紹介状には侯爵のサインが記され、魔法印がしっかりと押されている。

侍女長は魔法のレンズでそれの真贋を確認すると、紹介状から視線を外し私に向かって薄い笑みを浮かべた。

三十代半ばほどの美しい婦人だ。結い上げられたピンク色の髪がなんとも異世界情緒を感じさせる。

「キリンさん」

「はい」

侍女長の服はククルが着ていた服の色違いのもの。

おそらくこれが侍女の制服なのだろう。

荷物を抱えて廊下を動き回っていたエプロン姿の下女の制服とは違い、貴族の士官達の周囲に侍《はべ》るのに相応《ふさわ》しい美しいドレスだ。

ドレスとは言っても動き回るのに邪魔にならないよう、華美な装飾が省かれた控えめなものだ。

私もこれの色違いを着て働くことになるのだろうか。女に生まれ変わって三十年弱経ったとはいえ、こういった服は苦手だ。

「侍女の業務を始める前に一つ、あなたにお願いしたいことがあります」

と、紹介状を読み終わった侍女長にそんなことを言われる。

さて、新たな上司の指示だ。

頑張って侍女の仕事を覚えて第二……いや、第三の人生をスタートさせよう。

などと気合いを入れた私に向かって侍女長が続けて言った言葉は、予想だにしていないものだった。

「サインをいただけますか」

「……はい？」

侍女長の手にはいつの間にか、私の姿絵の描かれた一枚のカードが握られていた。

◆◇◆◇◆

この王国を中心にして、私は二十年ほど『庭師』、つまりは冒険者として第一線で活躍し続けた。

生まれついての魔人としての力、魔女の後継者としての強い魔力、そして転生者としての特異な知識。それらを活かして思う存分冒険を楽しんだ。

物語の中で語られるような大事件の当事者となることもあり、この王国で私はちょっとした有名人になっていた。

私よりすごい『庭師』はいくらでもいる。が、私は目立つ。

なにせ見た目十歳の幼女が、成人男性の背丈を超える大きな剣や戦斧を振り回して飛び回るのだ。

これでもかというほど目立つ。

さらには私がかつて馴染みの商人にした助言を基に作られ、貴族向けの娯楽品として大ヒットした『トレーディングカードゲーム』。

そのヒーローカードに私の肖像が特別に採用されたことが、私の知名度向上に拍車をかけていた。

●剛力の魔人
種類：戦闘カード

攻：12　防：3
種族：人間・魔人　属性：鉄
特殊能力『貫通』：相手の魔法属性以外の防御カードを1ターンに1枚破壊する
特殊能力『失声』：このカードは音属性の補助カードをエンチャントできない

脳筋一直線のレアカードである。幼女姿なのに斧を構える姿絵が無駄に格好良く、王国の貴族の間では一枚が小さな宝石一粒ほどの価値で取引されているらしい。

そういうわけで、私はカードに直筆のサインを侍女長からねだられてもちっとも不思議ではない立場なのだ。

立場なのだが。

「ククル、もしかして城の人達は『キリン』が侍女になったとみな知っているのか」

「どうでしょう。少なくとも私の周りの侍女の方々は知っていますわ。私が広めましたもの」

ふむん。皆に侍女長のような反応をされたら、ちょっとどうしていいかわからない。

いや、さすがに自意識過剰か。この王城には私よりすごい騎士だとか魔法使いだとかも勤めているのだ。

サインによって上機嫌となった侍女長に、「今日は来城で疲れているだろうから宿舎でゆっくり休んで欲しい」と言われた私は、ククルに案内されて王宮の廊下を再び歩いていた。

私の持参した荷物は侯爵夫人から貰い受けたいくらかの服と下着、それと魔女の塔から持参した不自由しない程度のお金だ。念のため『庭師』の免許も持ち歩いている。

「夫人に言われたとおり、これしか荷物を持ってきていないのだが、足りるだろうか」

「ええ、生活に必要なものは宿舎にそろっていますから。それにしても、ふふっ……」

ククルは私を見ると何がおかしいのか口元に手を当ててくすくすと笑った。

その仕草がとても可愛らしく、本当にあの渋い親父の娘なのかと疑いたくなる眼福さだ。女の身だが美しい少女は見ていて癒される。

「侍女として城に上がる者は、大抵馬車一杯のドレスを持参するのですよ。仕事着は支給されますのにね。持ち込んだ荷物のほとんどを積んだまま馬車が戻っていくのがよくある光景なのですけれど……うふふ、お姉様、まさか徒歩で来るなんて」

「侯爵領から馬車で参上するなど、遅すぎて耐えられないよ」

「そうですわよね。ああ、もう私の背丈では、キリンお姉様に背負っていただいて庭を駆ける遊びができないのですね」

「背負うのが無理なら抱きかかえるさ」

「ふふ、こんな小さな子に抱えられる姿を他の人が見たら驚かれますわ」

好きで小さい子の姿でいるわけじゃないやい。

まあククルも冗談で言っているのだろう。このような歳になってまで『ニトロバイクごっこ』を本気でせがんでいるわけはない。

冗談を言い合える同僚が新しい仕事場にいるというのは幸先の良いスタートだと言える。

いや、同僚ではなく先輩か。職の先達を『先輩』と呼ぶ風習はこの国にはないが。

「侍女の宿舎は王宮から離れた場所にありますわ」

ククルが勝手口を開け、王城の庭に私を招く。

高い壁に囲まれた王城は、いくつかの建物に分かれている。中枢である王宮の他に、騎士団の訓練所や魔法の研究塔、後宮、植物園など、壁に囲まれた土地の中にそれぞれ別の建物が用意されている。と、以前王城に招かれたときに説明を受けた。

女官の宿舎もそういった中の一つなのだろう。

「男子禁制？」

「男子禁制ですの。……どなたか殿方を連れ込むご予定でも？」

「それはない」

男子禁制か。元日本男児としては少々ハードルが高い場所だ。

冒険者である『庭師』として約二十年間過ごしたが、基本男所帯であったし。

「それは安心しました。侍女の宿舎は二人部屋ですので」

「貴族の子が住むのに二人部屋なのか」

「女官に広い場所を割り当てられるほど王城は広く作られていませんわ」

言われてみればそうか。いくら王城とはいえ、使用人の一人一人に広い部屋を与えていたら、それだけで敷地内に高級ホテルが建ってしまう。スペースを無駄に広く取っても警備上の問題とかがあるだろう。

「こちらの建物ですわ」

石造りの立派な建物が目の前に見える。うむ、王城の敷地内に王都ホテルが建っているぞ。

いや、それほど巨大な建物ではないが、いかにも高級な造りをしている。丁寧に掃除が行き届いているのか外壁がぴかぴかに磨かれ輝いている。

大理石？　いや、この世界の石材事情には詳しくないが。

漂う高貴なオーラに怯《ひる》む私をククルが手を引き建物へと招く。

観音開きの豪華な扉が、ククルのあいたもう片方の手によって開かれる。

ぐわー、なんだか男子禁制の高貴なオーラに、元一般人の男の魂が焼かれる幻覚がー。

「皆様、キリンお姉様をお連れしましたわ！」

建物内に足を踏み入れたククルが、そんな言葉を突然叫んだ。

すると、わずかにおくれてわっと建物の奥から声が響き、扉を開ける蝶番《ちょうつがい》の音が次々と無駄に聴覚の良い私のもとへと届く。

そして、宿舎の玄関ホールに、年若い少女達が集まってきた。

「え、えーと、ククルこれは？」

「今日非番の同僚の方々ですわ」

少女達は皆私の方に視線を向けている。注目されるのには慣れているが、このシチュエーションは初体験だ。

少女達は私を遠巻きに眺め、口々に「可愛い」「お人形さんみたい」「抱きしめたい」「ご奉仕したい」などと言葉を交わしている。

非番の同僚の方々。つまりは、少女達は皆この宿舎に住む侍女なのだろう。

そんな私服の侍女達の手に、みな同じものが握られているのに私は気づいてしまった。

『トレーディングカードゲーム』、ヒーローカード『剛力の魔人』。

おおう。

つまり、彼女達は侍女長と『同じ』人種なのだろう。

『庭師』として王国で武勲をあげた永遠の幼女『剛力魔人姫キリン』に憧れを持つ夢見る少女達だ。

「キリン様！　サインいただけますか！」

……私、侍女になりにきたのだがなぁ。

3．私の研修

「お茶はもう完璧ですわね」

「恐縮です」

先輩侍女の言葉に、私は慣れない敬語で応える。

侍女の新人研修を始めて一週間。私はお茶汲みの指導担当の侍女からようやくの合格を貰った。

侍女を始めてまず初めに難儀したのが、敬語を使い続けることだった。

私は相手に声を届けるために、思考の表層を汲み取って音に変換して周囲に伝える魔法を使っている。要約すると、思ったことをそのまま相手に伝える魔法だ。敬語を使うには、まず思考の表層を敬語に変えなければならない。

しかしこれが厄介だ。まず、私の思考はこの国で使われている言葉で組まれていない。

では何かというと、日本語だ。ジャパニーズ。

この世界に転生して三十年弱。それだけ生きてきてなぜこの世界の言語で頭の中を埋めていないのかというと、侍女になる前の職業が関わっている。

冒険者である。魔物を倒し未知に挑むのがその仕事内容だが、私は偉い人から仕事の依頼を受けることがしばしばあった。その仕事上で、ちょっと他人には言えない国家機密だとか世界の秘密だとかを知る機会があった。

そして私は魔女の後継者である。自分では使えない様々な魔法の知識があった。その魔法の中に、とても厄介な魔法があることを私は知っていた。

読心。

相手の心の扉をこじ開けて、記憶を読み取ってしまう外法が魔法使いの秘術として存在していた。ちょっと危ない他人の秘密を知ってしまったあの日の私は、半ば忘れかけていた日本語を自分だけの公用語にすることに決めた。

その日から私の第一言語はジャパニーズである。しかしそうなると思考を音に変える魔法を使ったとき、周囲に響くのは日本語だ。この世界の誰も知らない言葉で話しても意味がない。

なので、私は音の魔法を使うときは、思考を必要な分だけこちらの国の言語に訳す。

ただ思考は思考。前世の頃に使えていた声帯と違って、なかなか融通が利かない。言語の訳はすでに慣れたものだが、今まであまり使うことのなかった敬語を使うのがなかなかに難しい。

しかしアラサーにもなって敬語もまともに使えないというのは、自分のことながら情けないものだ。

敬語の次に難儀なのが礼儀作法。

貴族の作法を身につけていないわけではない。例のサマッカ館の護衛のように、前の仕事でも作法を身につける機会はいっぱいあった。

しかし、約二十年の間『庭師』として世界各国を巡っているうちに、各国の作法を覚えすぎてしまったのだ。

礼をとって、あれ、これこの国のやり方でいいんだっけ？　という具合だ。グローバルすぎるのも考え物である。

そんな不出来な私を先輩侍女達は幼い子供を見る優しい目で見守り、熱心に指導してくれた。

さすが花嫁修業の場、王城の侍女である。

奉公に上がった世間知らずな箱入り娘を、立派な一人前の貴人に改造する出荷工場だ。見た目十歳の幼女を指導するなど、日常的なことなのだろう。

まあその幼女の中身は、三十路を間近に控えたおばさんだが。さらにいうと前世は大往生した日本のおっさんだが。

閑話休題。

私は侍女の業務として、侍女長からお茶汲みの仕事を任命された。

お茶汲みである。正確にはお茶のような植物の葉を発酵・乾燥させたものに湯をかけて、味と香りと色を染み出させた温かい飲み物である。お茶の葉はこちらの言葉で発音すると『カーターツー』であるがお茶としておく。

貴族出身でない新米侍女にお茶汲みを任せるのは、はたして良いものなのか。人の口に入るものである。毒とか危険である。

そんなことを侍女長に仕事を言い渡されたときに言ってみたのだが、返ってきた言葉は。

「キリンさんほど信用のおける人物はそうそういません。それに、茶や茶菓子に毒が混ざっていた場合、キリンさんに解毒魔法を施してもらえます」

え、解毒魔法って何それ私知らない。

毒なんて自然界に星の数ほど存在していて、それぞれ人体に作用する箇所が違うのだ。解毒魔法なんて万能な代物、それこそ前世のおとぎ話の不思議な魔法ですよ。

そんな言葉を返してみたら、侍女長は残念そうな顔をしながらもお茶の淹れ方を学ぶようにと指導の侍女を一人つけてくれた。

その侍女は顔見知りのククルではなかったが、ククルの友人であるようだった。

金髪の巻き髪が可愛いカヤ嬢。前職の冒険話をねだられつつも、お茶汲みの手順を学ぶこと一週間。

ようやく私は、人前でお茶を淹れても恥ずかしくない、最低限のレベルに到達することができたわけだ。

あとは日々精進を怠らず、新人教育を受け続け、いつの日か正式に業務を割り当てられるのを待つばかりである。

「じゃあ早速政務中の官僚の方にお茶を淹れに行きましょうか」

あれ、ちょっと前職並に新人の現場投入が早くないでしょうか。

◆◇◆◇◆

王宮のある執務室の扉で、カヤ嬢が綺麗なその手で拳を緩く作り、ノックを二度行った。

二度のノックは使用人が部屋の主に伺いを立てるときに使われるもの。前世の地球では二回ノックはトイレで行うものだったが忘れてしまっていいだろう。

扉の向こうから「入れ」と返事が来た。入ってます、じゃなくて良かった。いや、トイレは忘れよう。

「失礼します」

カヤ嬢はそう述べると、静かに扉を開いた。

先にカヤ嬢が入室する。そして私が遅れて茶器の載ったワゴンを押しながら扉をくぐる。

そして、事前に説明されたとおり、室内の士官達に向かってカヤ嬢と共に礼を取った。そしてカヤ嬢が言う。

「お茶をお持ちしました」

「……ああ、もうそんな時刻か。休憩するとしようか」

部屋の中では、武官が三人、応接用のソファに座り、テーブルに書類を広げていた。

カヤ嬢の説明によると、ここは王都と周辺地域の巡回兵をまとめあげる千人長の執務室。騎士団の者や文官達が訪れることが多いらしく、茶器は多めに用意してある。

そしてお茶汲み初仕事の私の前には、兵士隊の長であることを示す軍服を着た千人長を含めた、三人の武官がソファに身を預けている。

いきなりハードルが高くなった、と思いながらテーブルの横にワゴンを運ぶ。

と、座る武官の一人の顔を見て私は心の中でうげ、と声をあげた。幸い私は魔法で言葉を飛ばさなければ声を発せないので、口から漏れたのは吐息だけだった。

武官の一人に、見覚えのある人物がいた。

かつて冒険者時代に王国の騎士と協力して飛竜退治をしたときに、騎士のまとめ役として顔を合わせたことのある人物だ。役職は、青の騎士団の副団長。そのときから年月が経過しているので今は騎士団長にでもなっているのかもしれない。

私の正体に気づいたらどんな反応をされるか。彼の人柄を考えると大笑いされるのは必至だ。

……いや、おとなしくしていれば大丈夫だろう。当時と髪型も違うし、侍女のドレスを着ている。

王城で働くと決めた以上、顔見知り相手に奉公するなど、これからいくらでも機会が回ってくるのだ。落ち着こう。

落ち着いた。習ったとおりに茶器に茶葉を入れ、湯を入れ、砂時計を置いて蒸らし、カップに茶をそそぐ。

そして三人分のお茶を順番にテーブルへと音を立てないように差し出し、「どうぞ」と告げる。

そんな様子を見ていた赤髪の千人長が、こちらを見てにっこりとほほえんだ。

「これはまた可愛らしいお嬢さんだ」

わっふー。注目された。

まあ確かに結婚適齢期前の貴族の子女が侍女になるといえど、見た目十歳の幼女が茶汲みをするのは珍しいのだろう。

「ええ、先日城に召し上げられたばかりの侍女ですの」

カヤ嬢がそう補足を入れてくれる。

私はとりあえず千人長に向かって侍女の礼を取った。

今の私は研修中の木っ端侍女なのでわざわざ名前を告げる必要はないだろう。

ツンツン頭の青の騎士がこちらをんーっと注視しているが、何かを言われるまではスルーである。

そして、彼らの中でいち早くお茶に口をつけたもう一人の紫髪の武官が、優雅とは言えない仕草で一口二口とお茶を飲み、口を離してカップをテーブルに置いた。

味はどうだっただろうか。不味《まず》いと言われたらショックで立ち直れなくなる……わけではないがちょっとくじけるかもしれない。

そんな中、紫髪の武官が、口を開いた。

「で、西のやつらの動きだが」

って仕事の話を続けるんかい。千人長様がさっき休憩しようって言いましたよね。

千人長は苦笑しながら、ああ、と言葉を返した。

そして青の騎士がごくごくとお茶を飲み干してから、話に続く。熱くないんかい。

「共和国の影が国にだいぶ入り込んでいるな。うちの部下が伯爵領で見つけたが取り逃がした」

影。王国を含めた周辺国での隠密のことだ。ジャパニーズ風に言うなら『忍者』だ。

「王都にも痕跡がある。王城まで忍び込まれているとは思いたくないが……」

難しい表情で千人長が唸る。『忍者』を捕らえるのはなかなか骨の折れる仕事だ。

彼らは闇に紛れる魔法を駆使して動き回り、さらに変装を得意とする。

と、冒険者時代の思考を巡らせたところでふと気づいた。侍女がこんな話を聞いて良いのか。

私は隣に控えるカヤ嬢の様子を窺《うかが》うが、彼女は特に気にした様子もなく三人が茶を飲み終わるのを待ち佇んでいる。

今交わされている会話はつまり、侍女に聞かれても問題ない程度の話なのだろう。

私も先輩を見習って、心を落ち着けなければ。

大丈夫、前職の職業柄平常心を保つことには慣れている。

……と、心を静めたところで、魔人としての私の感覚に何かが引っかかった。

これは……。

心をさらに深く静め、身体の奥底に渦巻いている魔力を引き出し私の周囲に飛ばす。

〝引っかかった〟。

「失礼します」

そう私は三人の武官に言葉を飛ばすと、ワゴンの上に載せていた茶器を一式、目の前のテーブルの上に素早く移し替える。

横でカヤ嬢が私の突然の奇行にぎょっとするのが感じ取れる。

武官達もさすがに驚いて、「どうした」と言ってくるが、スルー。

ワゴンの上から全ての茶器を移し終えたことを確認すると、私は金属製のワゴンを片手で軽く〝持ち上げた〟。

「なっ!?」

驚きの声を誰かがあげるが、それもスルー。

そして私は、ワゴンを振り上げ、執務室の〝壁〟に向かって身体を走らせた。

一瞬で目の前に迫った壁に、持ち上げたワゴンを思いっきり――ではないが加減してぶちかました。

轟音と共に、強固な王城の煉瓦造りの外壁が破壊され、石材を外に向かってぶちまけながら部屋に大きな穴を空けた。

――剛力魔人百八の秘技が一つ、要塞徹し！

持てる怪力の力を手に持つ武器の一点に集中し、被害を最小限に抑えながら壁をぶち抜く脳筋技だ。武器は壊れないように魔法で保護する。

百八もあるのは、前世で愛読していた少年漫画にちなみ、「私の秘技は百八あるぞ」と戦いの場でお茶目心を演出するためにいろいろ用意したちょっとした遊び心だ。「私の馬力は53万です」は没にした。さすがにそこまで怪力じゃない。

と、私がなぜこんな突拍子もない暴挙に出たのかというと、執務室の部屋の外、王宮の外壁に明らかに『人の影』が感知できたからだ。

白昼堂々王宮の外壁にへばりついているなど、普通では想像も付かない。が、先ほど武官達が言っていたではないか。『忍者』が王都に忍び込んでいると。そして『忍者なら』その程度やってのける。

私は壁に空いた穴から、王宮の外へと身を投げ出す。

この執務室は三階である。ぶちまけられた外壁の石材が宙に舞っている。そして、その中に石材の色と同じ迷彩服を着込んだ人間がきりもみ回転で空を飛んでいるのを見つけた。

私はその『推定忍者』に向かって身体を飛ばす。背中から吹き出た魔力の噴射が私をさらに加速させ、そして私の小さな腕が推定忍者の身体を捕らえた。

空を舞う私と推定忍者。高さは王宮の三階相当。

だがこの程度の高さは私にとって階段を二つ飛ばしで飛び降りた程度の瑣末《さまつ》なものだ。

私は推定忍者を肩に担ぎ上げ、しっかりとホールド。そして、飛び出した横方向の勢いと、自由落下の勢いを殺さぬまま、私は王城の庭に豪快に着地した。

肩の後ろから骨がきしむ鈍い音が鳴り響く。私は着地の衝撃を余すことなく、密着した身体を通して担ぎ上げた推定忍者に伝えたのだ。剛力魔人プロレスの脳筋バスターである。これもまた前世の漫画にちなんだ技だ。

そして私は着地した地面に、抱えた推定忍者を放り投げた。

推定忍者は男で、口から泡を吹いて気絶している。そしてその単色迷彩の服の特徴から、武官達が話していた「西のやつら」である隣の大陸にある共和国の隠密だということを察した。王宮の壁にへばりついて、影の魔法で室内の会話を盗聴していたのだろう。

私が着地した場所の遠くで、轟音を聞きつけた者達が慌ただしく走り回っているのを私の聴覚が感じ取った。

王城に見事な穴を開けてしまったが、この気絶する隠密を生け捕りにしたことを伝えれば、咎《とが》められることはないだろう。きっとない。ないといいな。

ともあれ、私の初めてのお茶汲み実地研修は、こうして思わぬ形で終結することになった。

4・私の動機

「ぶはははは！　侍女て！　怪力幼女が侍女て！」

忍者を捕まえてから騒ぎを聞きつけた城の衛兵に囲まれ、遅れて私の元へやってきた青の騎士に事情を説明したところ、見事に大笑いされた。

脳筋バスターで股関節を完全に破壊された忍者は、衛兵に担がれ運ばれていき、残された私は青の騎士と城内の警備担当の兵士長に取り調べを受けていた。

それでまあ、当然のように私の正体が露見したわけだ。

「じ、侍女。マジで侍女なん？　近衛騎士とかじゃなくて？」

笑いを隠そうともしない青の騎士団元副団長――数年前に騎士団長になったらしい――が私に問いかけてくる。

「はい、バガルポカル侯の推薦で一週間前より王城付き侍女となりました」

「だははははは！　幼女魔人が敬語使ってる！　なんだこれ！」

「何かおかしいところでもありましたでしょうか」

「全部おかしいよ！」

声を出して笑う青の騎士。隣にいる兵士長は、それを困ったような顔で見ている。

兵士長は事態をまだ飲み込めていないのだろう。この人とは面識がないため、見た目十歳の侍女の私が忍者を捕まえたことに理解が及ばなくて当然だ。

私は何度も練習した侍女の礼を兵士長に取る。

「お初にお目にかかります兵士長様。私は侍女見習いのキリンと申します」

「ぶは！」

青の騎士が私の挨拶に吹き出すが、スルー。

「千人長様の執務室でお茶汲みをしていたところ、壁越しに影の気配を感じ、逃げられる前にと捕縛した次第であります」

「う……む……」

兵士長が私の言葉に困惑しながら頷く。

「壁越しに気配を感じる……というのがよくわからんが」

浮かんで当然の疑問を兵士長が投げかけてくる。

「はい。私は生まれつきの魔人で魔法もたしなんでおりますので、常人より人の気配というものに敏感なのです」

「そうか……」

それでもなお納得できないという顔でこちらを見下ろしてくる兵士長。

「あー、兵士長さん。こいつこう見えても四十超えたババァの『庭師』なんだよ。見た目に騙されちゃいけねえ」

「失礼ですね。私はまだ三十路も迎えておりません。それと『庭師』は退職し今は侍女見習いです」

反論の言葉を投げておくが、青の騎士の説明でようやく納得いったのか、兵士長の険しい顔が和らぐ。こういうのは見た目幼女の私が説明しても、なかなか理解して貰えないものだ。その点で、私を知る青の騎士が居たのは幸運である。

しかしまあ、奉公早々やらかしてしまったものだ。

王宮に穴を開けるという暴挙は、王宮まで忍び込んだ影を捕まえたという功績でおとがめなしに多分なるだろうが、侍女見習いの身で少々目立ちすぎた。

「侍女の身で影を捕まえるというのは過ぎた行為でしたでしょうか」

「……いや、城で働く者が不審者を見つけた場合、何らかの手を打つのは当然のことだ。この場合衛兵を呼ぶのが正解だが」

「共和国の影は素早いので、迅速な対処を行わせていただきました」

「そうだな。その点に関しては礼を言おう。我々は城に影が入り込んだというのを今の今まで気づけていなかったのだ」

「恐縮です」

再度兵士長に侍女の礼を向ける。

うむ、今回の件はこれで問題はないようだ。

と、兵士長との会話を黙って聞いていた青の騎士が動いた。私に向かって一歩踏み出し、ぬっと手を伸ばしてくる。

その手は私の頭の上にぽふっとのせられ、ぐりぐりと左右に動いた。

ごりごりと乱暴に頭を撫でられる。

「おめー、剛力幼女の癖に可愛いじゃねーかこの。昔のクールな態度はどこにいったんだよ」

「やめてください不快です死にます」

今の私は侍女だ。

騎士団長や兵士長に敬意を払うのは、当然の職務なのだ。

「侍女かー。なんでまた侍女なんだよー」

「安定した職業ですので」

「戯曲にもなった最強の剣士が安定した職探しかこら」

「若さで乗り切るには辛い歳になりました」

「おめー永遠の幼女だろおい」

「身体は老いなくても心は老いますので」

このまま行けば、数十年後には見事なロリババァの完成である。魂は元男なのでロリジジイでもある。

我が師であり育ての母でもあった魔女は、美少女ババァであった。

「しかし侍女ねぇ。そうだ、青の騎士団付きになってくれよ。若手にお前の剣を見せてやれる」

「見習いの身ですのでそこはなんとも。あと青の騎士団の兵舎は王城ではありませんよね。私、王城付き侍女ですので」

「かー、敬語使ってても、やっぱりつんけんしてるなてめーは」

ごりごり。そろそろ撫でるのをやめてほしい。

ほら、横にいる兵士長もどうしていいのか、困った顔をしているぞ。

◆◇◆◇◆

「キリンさんは、なぜ『庭師』から侍女になったのでしょう」

青の騎士から解放され、仕事終わりの侍女の宿舎。

二人部屋の同居人、カヤ嬢がそんな疑問をぶつけてくる。

カヤ嬢とは一週間共に過ごしてきたが、『庭師』時代の話をせがまれはしても侍女になった理由を聞かれたことがなかった。

おそらく、今日実際に私の魔人としての馬鹿力を目の当たりにして、疑問が湧いてきたのだろう。

「ふむ。言ってなかったな」

仕事明けで敬語を使う必要がなくなった私は、自然体でカヤ嬢に向かう。

仕事中は同僚の侍女達にも練習として敬語を使って話すが、仕事が終わると肩の力を抜いて普段通りの言葉遣いに戻している。

今は仕事着から私服に着替え、カヤ嬢と共に二人部屋で夜の一時《ひととき》を過ごしている。

私は水で薄めたワインを飲みながら、カヤ嬢に語る。未成年のアルコール摂取による成長の阻害も何も関係ない身体なので、飲酒は問題ない。

「『庭師』の冒険は華やかだ。魔物を倒し、事件を解き、世界を巡る、誇り高い仕事だ。世界樹教の教えにも相応しい善の生き方だ」

「ですわよね。キリンさんに話を聞いていて、素晴らしいお仕事だと思いましたもの」

「素晴らしい仕事だよ。……ただね、問題があるんだ。名声を得て、舞い込んでくる依頼を次々とこなす。やりがいはあるのだが……正直疲れる」

「疲れるのですか」

そう、私は疲れたのだ。

「私も若い頃は意欲に満ちあふれていた。だがな、激しい人生を三十年も続けていると、さすがに休みたくなるんだ」

「それで侍女に?」

「ああ、別に侍女でなくともよかったのだがね。まあ、『庭師』ほど忙しくない、危なくない、ちゃんとした仕事に就きたくなったわけだよ」

「なるほど、そうでしたか」

カヤ嬢は納得したというように頷いた。

『庭師』の仕事は花形職だが、四十を前にして引退する者が多い。

命の危険が常に伴う仕事なので、肉体の衰えを感じるとさっさと隠居してしまうのだ。前世でいうところのプロスポーツ選手みたいなものだ。

そして私に訪れたのは、肉体の衰えではなく精神の衰えだったというわけである。

「まあ別に侍女の仕事を楽なものだと馬鹿にしているわけではないがね。これも立派な職業だ。とてもやりがいがある」

「ええ、私、侍女の仕事に誇りを持っていますわ」

金色の巻き髪を揺らしながら、カヤ嬢が誇らしげに胸を張る。巨乳だ。

女性に対し性的な興味はないが、大きな胸というものには少し惹かれるものがある。おそらくこの永遠の幼女ボディでは持ち得ないパーツだからだろう。う、うらやましくないんだからね! 元日本男児なんだから!

閑話休題。

「カヤ嬢は花嫁修業のために王城に来たのだったか」

「ええ、許婚《いいなずけ》がすでにおりますので、立派なあの方に見劣りしない淑女になるためにこの道を選びましたの」

カヤ嬢は王国の南に領地を持つ伯爵家の次女である。

そんな高貴な家柄を持つ彼女は、元『庭師』である私を過剰に尊敬するわけでもなく、畏怖をもつでもなく、下にみるでもなく、子供扱いするでもなく、一人の侍女見習いとして見てくれる非常に出来た娘さんだ。

そんな彼女が「立派なあの方」と呼ぶ婚約者も、またいい男なのだろう。

「許婚か。どんな人か聞いてもいいかな」

「ふふ、キリンさんとはすでに面識がある方だと思いますわよ」

ほう？

「青の騎士団の騎士団長様ですわ」

「……あいつか！」

なんてことだ。カヤ嬢みたいな良い子の夫がよりによってあんな脳筋になるのだなんて。

「カヤ嬢、考え直した方が良い」

「はい？」

「あいつはろくでもないやつだ。カヤ嬢のような出来た娘があいつの妻になるなど……」

「まあ、キリンさん。セーリン様は素晴らしい方ですわよ」

セーリン。あの青の騎士の名前だったか。

「だがあいつはろくでもないやつで、剣の腕も……良いな。騎士の指揮能力も……高いな。部下からの評判は……あれ、高いぞ、あいつ」

「でしょう？　今の至らない身の私には勿体ない高貴な方ですわ」

『高貴……いや高貴はどうだろう。『庭師』の頃の私と馬鹿話ばかりをしていたし、先ほども侍女になった私を指さして笑っていたぞ」

「まあ、セーリン様と仲がよろしいのですね。私の前ではそんな姿を見せてくれませんのに。妬《や》けますわ」

「ええー……」

なんだ、あいつ。もしかして許婚の前では格好付けているのだろうか。

笑われた仕返しに冒険者流のいじり倒しをやり返してやろうか。

やーい、お前の婚約者才色兼備ー！　あ、褒め言葉だこれ。

「私もセーリン様に砕けた会話を向けてもらえるよう努力しませんとね」

あー、うん。

本人がその気ならこれはこれでいいのか？

5．私の余暇

一日の侍女の仕事が終わると、私達は宿舎に戻って私服に着替える。

最初にこの宿舎に訪れたときは豪奢な外観と建物のサイズに驚いたものだが、実際に侍女として過ごしてみるとこの王都ホテル並の建物が王城敷地内に建っているのも納得できるようになった。

侍女の制服を脱いだ仕事終わりの侍女は、宿舎の外に出ることができない。

王城に住み込む女性の数は多い。そんな女性達が仕事を終えた後に王城内をうろうろすると、警備上の問題が発生してしまうのだ。

もちろん、個別に割り当てられた休日ならば、私服を着て城の外に遊びに行く権利はある。ただ、日常的に制服を脱いで城の中をうろつくことができないだけだ。

侍女は終業後の自由時間を宿舎の中で過ごす。そして侍女は皆、それなりの身分をもつ貴女達である。

ゆえに、身分に合った扱いで時間を過ごせるよう、宿舎の設備が充実しているのだ。

私達はあくまで侍女なので、身の回りの世話をしてくれる担当侍女はいない。が、宿舎担当の下女達が生活を支えてくれている。

宿舎内の食堂で食事は三食用意されるし、大浴場もある。

この国の貴族の間には風呂に入る文化がある。元日本人としては嬉しいことだ。

他にも余暇を過ごすための遊戯施設や茶室、図書室も宿舎内にある。

王城付きの侍女になった私も仕事を終えた後は、この広い宿舎の中で次の日の朝まで過ごすという生活を送るようになった。

しかし、これがなかなか窮屈である。仕事終わりに城下町の酒場に繰り出して一杯ひっかけるという、自由人な過ごし方ができない。

城の外に出るには、侍女長に外出届けを出さなければならない。王城なので、人の出入りを管理していて当然である。

長い自由時間を宿舎の中で潰さなければならないのだが、困ったことに時間を潰せる趣味というものが私にはなかった。

前世の日本男児時代の趣味は、釣りと登山、そしてアウトドア全般。宿舎の中でできるようなものではない。

本を読んですごすにも、いまいち気乗りがしない。前世では読書と言えば某有名週刊少年漫画雑誌を読むことだった。この国には漫画文化はない。正確には、生まれたばかりの文化だ。

貴族向けの室内球技があるのだが、私の場合身体の性能があまりにも高すぎて、侍女になるような少女達では相手にならない。

貴族の間でブームとなっている『トレーディングカードゲーム』は魔女の塔に全部置いてきてしまった。まとめて休日が取れたときにでも走って取りにいかなければ。

そんなわけで、仕事終わりの私は非常に暇なのだ。

侍女達が私の『庭師』時代の話を聞きたがっているが、一方的に話を語るというのはあまり楽しくない。

対等な立場で日常会話を楽しめる友は、まだククルとカヤ嬢くらいしかできていない。出自が特殊過ぎて友達作りをするのにも難儀する。

そんな新米侍女の悩みを私は、同室のカヤ嬢に相談してみることにした。

「あら、でしたら新しい趣味でも作ってみてはいかがですか」

読みかけの本を横に置いて話を聞いてくれたカヤ嬢は、にっこりと笑ってそんな答えを返してくれた。

新しい趣味！　なるほど！

しかし宿舎の施設が充実しているといえど、私に向いているものがあるだろうか。

恥ずかしながら今世に女の身として生まれてからというもの、インドア的な嗜好は魔法の研究くらいしか覚えがない。

世界を回るため各国の言語を習ったりもしたが、それはあくまで勉強だ。勉強を趣味にするほど私はインテリな人間ではない。むしろ脳筋だ。

「何事も挑戦ですわ」

う、む。さすがカヤ嬢。良いことを言う。

「それじゃあキリンさん、ちょっと施設へご案内しますわ」

「む、どこへだね」

「裁縫室です」

◆◇◆◇◆

案内された部屋には、大量の布が置かれていた。

さらには機織《はたお》り機がいくつか置かれ、その一つに女性が一人座り織物を作っていた。

他にも、毛糸を手に編み物をしている少女のグループが、楽しげに談笑している。

部屋に踏み込んだカヤ嬢と私にその少女達の視線が集まるが、カヤ嬢は涼しげに視線を受け流して部屋の奥へと進んだ。

「刺繍《ししゅう》なら、私でも部屋で教えられると思いますの」

「刺繍か」

「はい、こういうものですわ」

カヤ嬢は部屋の隅に置かれていた箱をあけ、一枚のハンカチを取り出した。

白いシルク（のような生地）のハンカチには、白い糸で美しい薔薇（のような花）が装飾されていた。

「なるほど、確かに覚えれば時間を有意義に使えそうだ」

「ええ、作ったものは綺麗にできれば、普段身につけることもできますしね。キリンさんの場合、香り袋作りなんて良いのではないかしら」

「む、香り袋か……」

「キリンさん、香水もつけていらっしゃらないでしょう？」

「生まれつき嗅覚が鋭く、それを活かす仕事についていたからな。匂いをつける習慣がなかった」

「でも侍女になったからには、やりすぎない程度には香りにも気を配ったほうがいいですわ」

「そういうものか？」

「ええ、やんごとないご婦人の周りに侍ることもありますから」

会話を続ける最中にも、カヤ嬢は部屋に用意されていた道具を手際よく集めていた。

彼女はいくつかの安布に、針と糸、それと教本らしい薄い紙の束を用意した。

「自室で始めてみましょうか。このお部屋でやると他の方々が集まってしまって、ここを利用している方に迷惑がかかってしまうでしょうから」

うむ。カヤ嬢も私のこの宿舎での扱われ方というのをすっかり熟知しているようだ。

しかしよく気がつく子である。

知れば知るほど青の騎士に嫁に出すのが、本当に惜しくなる子だ。

◆◇◆◇◆

「キリンさん、手先が器用なんですね」

刺繍を始めて数時間、就寝時間が近づいた頃、カヤ嬢にそんなことを言われた。

今私がやっているのは、失敗してもいい安い布の切れ端に簡単な縁取りの刺繍を施す作業である。

針と糸を使った細かい作業。それを私は教本とカヤ嬢の教えに従って、するするとこなしていた。

「うむ、刺繍は初めてだが、裁縫は昔からよくやっているからな。旅先で服が破けたら自分で縫わないと替えが利かない環境にいた。子供サイズの魔法繊維の戦闘服なんて、そうそう手に入るものではないしな」

「なるほど、そうでしたか」

「魔法の道具作りでも細かい作業が多い。針と糸は使わないが、布に魔法陣を刻み込むようなこともやったことがある」

「剣を持って、魔物に立ち向かうだけではないのですね」

「剛力魔人が繊細な作業をできて笑えるかい」

「いえ、そんなことはありませんわ」

そう答えつつもカヤ嬢の目はわずかに泳いでいる。

まあ仕方がない。

私の武勇伝といえば、虎のような巨獣の首を素手でねじ切っただとか、固く閉ざされた要塞の扉をこじ開けただとか、岩山を剣で両断しただとか、そんなパワーイズジャスティスなものばかりだ。

繊細な手先とはイメージが結びつかなくて当然だ。

というか、私の怪力を知る人の中には、私のことを力がセーブできず、人に触れるとミンチにしてしまう化物だと思い込んでいる者もいるくらいだ。

む、もしかして、普段私のことを妙に恐れて、遠巻きに見ている一部の女官の人達はそんな勘違いをしているのか。

こちとら人外レベルの怪力に付き合って三十年弱だ。確かに生まれたばかりの赤子の頃はそういうこともあったようだが、今更力の加減を間違えるということはない。恐れずに接してもらいたいものだ。

侍女の同僚にお近づきの印として私が刺繍した小物をプレゼントすれば、そういったわだかまりもなくなるだろうか。

そう考えるとやる気が起きる。

「その分ですと、目標の香り袋作りに取りかかれるのもそう遠くはないですね」

しかし、私よりカヤ嬢の方が嬉しそうなのが不思議だ。

ククルとはまた違う形でこの子には懐かれている気がする。

◆◇◆◇◆

刺繍を始めて数日後の終業時間。

「昇り竜！」

完成した香り袋の刺繍をカヤ嬢に向けて、高々と掲げてみせる。

昇り竜。前世の日本にいた頃にヤのつく職業の人が背中に彫っていたような、猛々《たけだけ》しい幻想の生物である。

その幻想生物の姿が、香り袋用の分厚い生地に三色の糸で見事に再現されている。

我ながら素晴らしい出来映えだと思う。こんな才能が私に眠っていたとは。いや、元々裁縫は得意だけれど。

「竜ですか」

図書室から持ち出した恋愛小説に目を通していたカヤ嬢が、私の掲げる香り袋に目を向けた。

「私の知っている竜の姿とはだいぶ違いますわね」

「うむ、ここでいう竜とは、地を這うあのトカゲもどきとは違う神聖な生き物なのだ」

私の説明を聞きながら、カヤ嬢は膝の上に本をのせニコニコと笑顔を向けてくる。

まだ短い同室の付き合いだが、彼女はとても聞き上手な人であると最近理解した。

「竜は川の化身なのだ。ほら、蛇のような細長い体躯《たいく》をしているだろう。いかにも川を登りそうだろう」

「そうですね。確かに川の幻獣と言われれば、そう見えますわ」

「竜は元々川をさかのぼる鯉なのだ。……ああ、鯉と言ってもわからないか。大きな川魚だ」

「竜なのに魚なのですか」

「うむ。流れの急な川をさかのぼり、滝を登り、竜の門と呼ばれる伝説の大河を登りきった鯉は、川の化身として竜に変わるのだ。これになぞらえて、立身出世の道となる難関のことを『登竜門』と呼ぶのだ」

「まあ、初めて聞く言葉ですわ」

「遠い国の故事だよ」

遠い国どころか遠い世界であるが。

ちなみにこの世界に鯉はいない。

旅の食料として川魚を多く捕まえてきたが、この世界の川の生態系は地球とかなり違う。命の危険を感じる大きさの沢ガニとか、生物事情はかなりデンジャラスだ。

「立身出世の願いがこめられた竜なのですね」

「そうだな。川を登りきって竜となった後には、天に昇っていくのだ」

「翼はどこでしょうか」

「翼はない。神聖な幻獣だからな。翼を使わずとも空を飛べるのだ。もちろん竜としての強力な神通力も有している」

「不思議な竜なのですね」

そう納得したカヤ嬢は、膝の上にのせた本に栞《しおり》をはさみ、横の机の上に本をのけた。

そして、立ち上がって椅子を持ち上げると、私の隣まで椅子を運び、香り袋がよく見える位置まで近づいてきた。

私は隣に座ったカヤ嬢に昇り竜を刺繍した生地を手渡して見せた。私的には会心の出来だが、先輩刺繍少女としてはどういう評価を下すだろうか。

「立身出世の猛き幻獣ですか……ね、ね、キリンさん、これどなたに差し上げるの？」

うむ？

「千人長様かしら？　兵士長様かしら？　いいえ、まだ高い地位についていない若い騎士様かしら！」

「何を言っているんだカヤ嬢」

「んもう、恥ずかしがらずに教えてくださいな。どんな殿方を狙っていますの？」

「本当に何を言っているんだ」

いきなり何を言い出すのだこの娘は。

香り袋の刺繍からどうすれば男の話になるのだ。

いや、待てよ。カヤ嬢がさっきから熱心に読んでいたのは恋愛小説だ。思春期の少女の脳内でとんでもない変換が行われているかもしれぬ。

昇り竜。登竜門。立身出世。香り袋。誰に差し上げるのか。

……ああ、なるほど。そういうことか。

「カヤ嬢、これは私が自分のために作った生地だよ。他の人に渡す予定はない」

「え？」

「私用だ。別に誰かの出世を願って作ったわけではない。昇り竜にしたのは、単に格好良いからだ」

「……え？」

何かを考えるようにカヤ嬢の表情が固まる。

カヤ嬢は香り袋の生地を握って停止し、十秒ほど経過したあたりでようやく動く。

「キリンさん」

「納得いったか」

「これは没収ですわ」

「え?」

なにがどうなってそうなった。

「んもう、キリンさん、今のご自分を理解していらっしゃらないの? あなたは侍女なのですよ」

んん?

それはあれか。侍女の身で立身出世の意味を持つ昇り竜を持つのがまずいということか。

「あなたはもう剣を振り回す武人ではないのですよ。可愛らしい十歳の侍女見習いさんなのです。それがこんな強そうな幻獣など、お姉さん許しません」

「んん!?」

「いいですか、戦いばかりの日常を何十年も過ごして自覚していらっしゃらないかもしれませんが、キリンさんはとても可愛いのです。抱きしめて一緒に眠りたくなるほど愛らしいのです。そんな子が、竜の香り袋などもってのほかです」

ぷりぷりと怒り出すカヤ嬢。

いや、私から見れば今の怒っているカヤ嬢の方が可愛らしいぞ。

「キリンさんに似合うのは獣ではなく、可憐な花です。青百合、白詰草《しろつめくさ》、紫陽花《あじさい》。そういう香り袋を常に持ちあるかなければならないのですよ」

ならないのですよ、と言われても。

「そうですわ、キリンさんには貴女としての情操教育が足りないのです。刺繍だけでは足りませんわ。楽器にダンスもやりましょう。お茶も淹れる側ではなく飲む側になるべきですの。今度のお休みには刺繍のために一緒に薔薇の植物園に参りましょう」

一気にまくし立てるカヤ嬢が怖い。

キラキラしていた眼がいつの間にかギラギラに変わっている。

なんだ、なんだこのプレッシャーは。今まで感じたことのないものだぞ。

「夜会用のドレスも必要ですわ。後宮担当の子に相談して、最高のお針子を紹介して貰いませんと！」

誰か！　誰かカヤ嬢を止めて！

このままだと私の中に残ったなけなしの男成分が消し去られる気がする！

6・私の仕事

王城付き侍女の仕事は多岐に渡る。

大雑把に仕事内容を言うと、王城で役職に就いている人の身の回りの世話をするというものである。

が、この身の回りの世話というのがなかなかに統一性というものが見いだせないのだ。

例えば、私が最初に覚えたのはお茶汲み。部屋で働いている官僚の休憩時間に合わせて、お茶(のような飲み物)を出しに行く。

似た仕事としては食事の手配がある。王城には食堂があるが、専用の執務室を与えられるような高官には、直接執務室や私室に食事を運ぶ。王族ともなると専用の毒味役の侍女が、食事を徹底的に管理している。

なお、当然のことながら調理を行うのは侍女の仕事ではない。

他には、城に住居を持つ者の寝室の管理がある。

寝室の掃除を行うのは下女の仕事だが、侍女はそれを監視する役割を与えられる。下女による私物の盗難を防ぐためだ。

ベッドメイキングは下女ではなく侍女の仕事だ。シーツの洗濯を行うのは下女達の仕事なのに、シーツを敷くのは侍女の仕事なのである。境界線がわからない。

官僚の使い走りは侍女の仕事である。下女は平民。侍女は貴族。官僚は貴族。なので、官僚が指示を出すのは侍女相手なのだとか。

その理屈はよくわからない、が、たくさんいる下女一人一人の顔と名前を官僚の方々が覚えるのは大変なのはわかる。下女達に指示を出すのは彼女達の上司である侍女の役目だ。

使い走りとして伝言を頼まれることもあるが、メモを取ることは許されていない。一字一句間違えずに伝言を覚え、広い城内のどこかにいる相手に言葉を伝えなければならない。これができない侍女は結構いるのだとか。私はこういったお使いは『庭師』時代で慣れているので、いざ官僚付き侍女になってもこれについて問題はないだろう。

他にも、靴の手入れや服の管理、着付けの世話といった、貴人達の身だしなみを整える手伝いをする。

私は見習いの身なので、まだ実際に高官達の身だしなみの世話をしたことはない。

先輩侍女を練習相手にして絶賛特訓中だ。

「キリンお姉様、本当にこれが何かわからないのですか……?」

本日の指導担当、ククルが奇怪なものを見る目で私を見る。

なぜそのような目を向けられるのかてんでわからない。

貴婦人の身だしなみの世話の仕方を教えると言われて出された道具を前に、使い方がわからないと言っただけだというのに。

「見覚えはないですね」

仕事中なので今の私はククル相手でも敬語モードだ。

「お姉様、いまおいくつですか」

「二十九」

何を言わせるのだ、ククルは。見た目十歳以下だが中身は二十九＋αだ。

そんな世間知らずの子供を見るような目で見つめないで欲しい。

「本当に見たことがないのですか」

「ああ……うむ、化粧道具だというところまでは予想が付いているのですが、使い道がさっぱりわかりません」

目の前にあるのは、判子に使う朱肉のようなケースと、小さな筆。

身だしなみで筆ときたら化粧に使うものだとは思いつく。さすがに髪結いにこんな筆を使うとは思えない。

しかし朱肉である。筆とセットになっているということは、筆を朱肉につけ顔に化粧するのか。

しかし色は赤である。目元に塗るにもさすがに赤はない。顔に模様を描く？　隈取りか？　歌舞伎役者用の化粧品なのか？

「お姉様、化粧の経験は？」

「ない」

全くない。化粧で肌を誤魔化さなければならないような肉体年齢ではない。私は永遠の瑞々《みずみず》しい肌を持つ幼女なのだ。髪型に凝ることはあっても、顔に手を加える必要などないのだ。

身体に魔法の文様を付ける化粧魔法というものもあるが、専用の魔法道具を用いるため化粧道具とは縁がない。

というか元日本男児の精神を持つ身としては、女らしい服装だとか女らしい身だしなみだとかに対してどうしても違和感を持ってしまうのだ。今着ている侍女の制服のスカートもすごく落ち着かない。

「はあ……」

ククルが気落ちしたようにため息をつく。

なんだなんだ。妹分であるククルにこんな態度を取られるとさすがの私も傷つくぞ。むう。これでも私は昔、ククルに外の国のお土産として、アクセサリーや魔法の手鏡をプレゼントしたことがある。言うほど女という人種に疎《うと》いわけではないはずだ。

「で、結局これはなんなのですか」

そうククルに問いかける。朱肉と筆。謎だらけの道具だ。

「……口紅ですわ。知っていますか、口紅。唇を赤く見せる化粧ですの。市井の若い町娘の方でも知っている道具ですのに……口紅すら知らないなんて重症ですね……」

「口紅くらい知っているわ！　いや、これ口紅!?　筆なのに口紅!?」

「筆がなくてどうやって紅を塗るのですか」

「いや、口紅だぞ。……ですよ。口紅といったら……こう……紅を固めて、そう、顔料のようなものにして、棒状になって口に塗るものでしょう」

私は人差し指を立てて、つつーっと唇をなぞってみせる。

口紅は使ったことないが、知識にはしっかりとあるぞ。

「そんなものがあるのですか」

「うむ、口紅と言えばスティックですよ」

「使っている方を見たことがありませんね……。どこの国の化粧なのかしら。周辺諸国からの輸入品にも見たことありませんし、世界樹の上の国かしら？　下の国かしら？」

「ああ、私が知っている口紅は……」

あれ？

スティック状の口紅ってこの世界で見たことがないぞ。

あれは前世の地球の化粧品ではないか。実物を見たのは、前世の子供の頃、母親の化粧品をいたずらして、顔に塗りたくったときくらいだ。

「……うん、かなり遠い国の化粧品ですよ。使ったことはありませんが」

「なるほどそうでしたか。大陸の枝が変われば文化も違うのですね」

納得したのか、ククルは小さく首を縦に動かして頷く。

異世界の知識だが、私が無知な人間だとは思われずに済んだようだ。

「でも、この筆の口紅は見たことがないのですよね？　ということは、白粉《おしろい》も香油もクリームも全部知らなそうですわね」

「……う、はい」

ククルが用意した箱の中から次々と取り出される道具。

そのどれもが見覚えのないものばかり。ゆえに私は無知であることを正直に答えておく。

「では、一通り使ってみるところから始めましょうか。まずは口紅から」

そう言ってククルは筆を手に取ると、空いたもう片方の手を私に向かって伸ばしてきた。

ククルの細い指が私の顔の横に当てられ、きゅっと摑み私の頭を固定した。

「ぬ？　なんだ？」

「はい、じっとしていてくださいね、お姉様」

「え、ちょっと待て。化粧の施し方を私が学ぶんだよな。それがなぜククルが私に口紅を塗ることになるんだ」

「化粧をしたこともない人が、他の人に化粧を施せるわけがないでしょう」

待て。待ってくれ。

心の準備が終わっていない。女になった事実はとうの昔に受け入れているが、化粧をする覚悟は急には決められない！

「安心してくださいまし。陛下が見たら一目で後宮入りを決めてしまうくらいの、最高のお姉様に仕立ててあげてみせますわ！」

ストォォーップ！

◆◇◆◇◆

自分の美しさが怖い。

女は化粧で化けるとはよく聞く言葉だが、ククルに化粧を施された私は、幼女の顔から傾国の美女の顔に変わった。

前世の自分がこれを見ていたら、ロリコンの道に目覚めていたかもしれないほどのものだった。

危険すぎるので、今後自分で化粧をするときはナチュラルメイクに努めよう。永遠の十歳児ボディの貞操が危ない。

気を取り直して仕事の続きである。

化粧はおいておき、貴婦人相手の身だしなみの整え方を練習する。

行うのは髪結いだ。

髪結いは得意だ。ククルにも子供時代、何度か髪の手入れをしてあげたことがある。

そのときのことを覚えているククルが、髪結いの練習台として休憩室の椅子に座って大人しくしている。

まずはブラッシングだ。彼女の髪は父親ゆずりの黒髪。混じりっけなしの艶やかな黒は、そこらの宝石とは比べものにならない美しさと輝きをまとっている。

ブラシに髪をひっかけないよう優しくとかす。癖のない真っ直ぐな髪は、結ってしまうのが勿体ないくらいだ。

綺麗に整えたところで、香油の瓶を手に取る。化粧用の香油は知らないが、髪の手入れ用の香油は世界各地のものを知っている。

瓶から香油を少しの量だけ手にたらし、手の平でこねて延ばす。そして十分に延ばし終えたそれを髪に満遍なくのせていく。

ここで気をつけなければならないのは、香油はあくまで添えるだけの量に控えるということだ。

手の平で延ばして髪には薄くのせるだけ。

べっとり油をつけるとせっかくのさらさらヘアーが台無しだ。結いやすくはなるがてっかてかになってしまい見苦しい。

油で輝くエンゼルリングなど、美しくない。この世界の天使には丸い輪っかなどないので、エンゼルリングと言っても通じないが。

「化粧は知らないのに、昔から髪結いは得意ですよね、キリンお姉様は」

香油を薄くのせた髪を再度ブラシでとかしている最中、ククルがそんなことを言ってくる。

そう、私には化粧をする文化はないが、髪の手入れをする文化はあるのだ。

「髪には魔力が宿るのですよ。私は魔女の後継者ですからね。育ての母代わりの魔女に髪の魔法を仕込まれたんです」

父と共に荒野の旅を続けていた蛮人であった幼い頃の私に、魔女は女としての身の整え方を教えてくれた。

特に熱心だったのが髪の手入れ。私は超人的な身体を持つ魔人だったので、適当に水洗いさえしていれば髪など勝手に綺麗になってくれた。だがそれでは駄目だと魔女は言った。髪には強い魔力が宿る。そう私に諭した。

今思えば、元男として自分の身体を乱暴に扱っていた私に対する、魔女なりの子供教育だったのかもしれない。

ただ魔法的な手順で綺麗に手入れをした髪が魔力を宿すのは本当のこと。金と茶の入り交じった私の髪は、毎朝丁寧に香油をのせてすいている。

おしゃれといえば防具の鎧な今までの私だったが、髪に関しては貴婦人を相手にしても劣っている気はしない。

「お姉様の手は優しいのですよね。他の方にお任せすると痛くてびっくりすることがありますわ」

「引っ張るのはいけないいな。完成後の形しか考えずに頭皮を痛めたら、将来抜け毛に悩むことになりますよ」

私は不老の身なので抜け毛の悩みとは縁がないが、髪型のために頭皮を引っ張るのはよろしくないと思う。

見栄えを良くするために苦痛を抱えて日常を過ごすなど、私には理解できない。そういえばこの国にはドレスを着る際のコルセットの文化は無かったな。良いことだ。

そんなことを考えている間に結い終わりだ。

ついでに箱に入っていた造花のヘアアクセをつけて完成。手鏡をククルに渡すと、彼女はうっとりと鏡に映る自分の頭を眺めた。

ククルの髪は相変わらずいじりがいがある。髪質の固い私の髪と違って、さらさらできらきらだ。

「こちらの腕はやはり完璧ですわね。今すぐ王妹殿下の髪結いを任されても問題ないくらいです」

さすがにそれは褒めすぎではないかね。

「近年の流行の結い髪の手順書がありますので、順番に覚えていきましょうか」

「流行か。他の国で見てきた髪型をやってみせれば、真新しいものとして受け入れられますかね」

「どうでしょう。私で試して頂いて良ければ採用、というのはいかがでしょうか」

「ふむ」

記憶の中にあるインパクトのある髪型の数々を思い出す。

と、そんな私の心の中にちょっとしたいたずら心が湧いてくる。やってしまうか。

いや、いい歳したアラサー幼女が妹分の髪で遊んでしまうのはどうだろう。いや、でも髪を切るわけでもないからすぐに元に戻せる。

……よし、やろう。

「ククル、少し魔法を使った髪結いをやりますよ」

「魔法ですか？　……ちょっと楽しみです」

【加熱】魔法発動。人差し指と中指をヘアアイロンに。

【熱風】魔法発動。ドライヤー準備完了。

髪を解いて、整え、上にあげる。指で固めて大きく渦を巻くようにくーるくる。

数分後、そこには綺麗な黒髪が全て頭の上でうずまく山となっていた。イメージはソフトクリームだ。造花のアクセを横に添えてと。

「できましたよ、ククル。はい、手鏡」

「どんなのでしょう。……あらこれは」

遠い異世界の町、歌舞伎町式の髪結い。

前世にテレビで見た記憶を今持つ知恵と技術で再現した。

「盛り髪です」

「……………」

ククルが黙った。

やはり怒らせてしまったか。いくらなんでもいたずらがすぎた。

前世の記憶だと、中世ヨーロッパの貴族達は歌舞伎町の盛り髪など序の口な、ものすごい髪型をしていたようなので、もしかしたらありかなと思ったのだが。

イギリスのエリザベス一世を扱った映画は、髪もドレスも全部常識をぶっちぎっていたから、剣と魔法のファンタジー世界なこの国でも受け入れられるかもと思ったのだが。

いや、言い訳だ。単純にいたずら心を抑えきれず少女の髪で遊んでしまっただけだ。いい歳して情けない。

「……キリンお姉様」

「はい、ごめんなさい」

「？　なぜ謝るのですか」

「え、そんな髪型にしてしまって申し訳ないなと」

「いえいえ、お姉様。これは斬新ですわ。他の方にも見せてあげませんと！」

「斬新……ああ、斬新だな」

どうやらありのようだった。

「みなさんに見せてきます！　うふ、うふふ！」

休憩室を出て他の侍女の同僚達に盛り髪を見せびらかしにいくククルを見送りながら、私は久方ぶりの異世界カルチャーショックを味わうのだった。

……元が日本の髪型なので異世界カルチャーは違うか。

7．私の特技

私は子供に好かれる体質だ。

『庭師』になりたての頃はリアル年齢十歳ということもあり、危ない仕事はまわしてもらえなかった。

何でも屋として町中の雑事をこなして、名を揚げるチャンスを虎視眈々と狙っていた、そんな時代が私にもあった。

そんなときにやった仕事の一つに、子守りがある。

十歳児の子供が子守りをするというのはなんとも変な話だが、そこは『庭師』。プロフェッショナルとして子供の世話をした。

最初に任されたのは、孤児院を兼ねる世界樹教の教会での留守番だったか。

そこで私は、孤児の子供達に妙に懐かれたものだった。元々の中身が、いい歳をした元日本男児だったということが要因だろう。見た目十歳ということで子供達とは垣根が無く、そして大人の中身を持つ精神で子供達全員に気を配った。

その後も、子守りの仕事はちょくちょくと請け負った。

『庭師』として大成した後も、辛い冒険の後の休憩をかねて子供の世話といった身体を休められる仕事を続けていた。

侯爵家に生まれたククルも、乳飲み子の頃から遊び相手として何年も顔を合わせ、そしてお姉様と呼ばれるほどにまで懐かれるようになった。

『庭師』の仲間の中には、子供が苦手だと話す者達が多かった。

戦いと冒険に身をやつした風来坊どもだ。さもありなん。

しかし、子供が苦手でどうするのか。若いうちはいいが、やがて結婚して自分に子供が出来たときに、良い親でいられるのか。

そんなことを指摘したら不老幼女に言われたくないと返された。

ごもっとも。私は初潮前の永遠の子供だし、男に肌を許すつもりもないので子供を持つことはない。でも、子供は嫌いでも苦手でもない。好かれるのだから、こちらも子供に対して好意を持つのは当然の帰結だ。そんな子供慣れした私に向いた仕事が、新しく始めた侍女の業務内容にあった。

王城での子守り。

王宮には託児所が設けられている。

情操教育のために城に預けられた偉い貴族の子女がいたり、王城に勤める高官が可愛い我が子を手元に置いておくために城に連れてきた子供がいたりと、城には貴族の子がそれなりの数滞在している。そういった貴族の子供達の世話をするのも侍女の仕事の一つだ。

侍女見習いである私の今日の研修内容は、そんな子供達が預けられた託児所での子守りである。

託児所にいるのは乳離れをした三歳ほどの子から本格的な貴族教育を受ける前の七歳ほどまでの小さな子供達。

そのいずれもが女の子。託児所は子守りをするだけでなく、貴族としての習い事をする場でもあるので、男子と女子に部屋を分けられて預けられているのだ。

幼児達が無邪気に遊び回る託児所の中は、さながら幼稚園。

子供達にはそれぞれ出身の家による身分の差があるのだろうが、こんな歳の子達にとってはそんな事情もおかまいなし。

私達侍女も子供の家柄で扱いに差をつけるようなことはしない方針らしく、それを聞いて私は安心した。子供には大人の事情など気にせず、すくすくと育って欲しい。

「はい、それではもう一度歌いましょう」

私の研修担当であるククルが楽器を奏でながら、女の子達と一緒に歌っている。

ククルの使っている楽器は、ピアノとオルガンを足したような外観の鍵盤楽器。この国の貴族の女の子なら誰もが習う定番の楽器だ。ちなみに私は演奏できない。

代わりに私は子供達に目を配り、恥ずかしがって歌えていない子がいるようなら、隣にいってやり一緒に歌って皆と足並みを揃えられるようにしてあげる。

託児所付きの専門の侍女は、そんな私の子供慣れした様子に驚いていたようだが、ククルが当然といったような態度で子供の相手を続けていたので、侍女はやがて納得したのかこちらを気にせず自分の仕事に専念するようになった。

うむ、さすがククルよくわかっている。ククルは私が育てた。

「お姉ちゃんお歌上手いね」

一曲歌い終わり、休憩を取ったところで女の子の一人が、私に向かってそんなことを言った。

小さな子でも歌の上手い下手がわかるのか。貴族の子は違うなぁ。

「キリンお姉様は歌がお上手なだけではなく、いろんな国の歌を知っているのですよ」

鍵盤楽器の椅子に座りながら、ククルがそう話にのってきた。

私は歌が上手い。間違いない事実である。

そもそも、私は本来歌が歌えない。声を出すための声帯がない。ではどうやって歌っているのかというと、音を出す魔法を使って仮初めの声を出しているのだ。

喉を通さない歌声。必要なのは歌唱技術ではなく、正確な音を出す魔法技術だ。

楽器を演奏する感覚に近いだろうか。正確な音程を取るのは、言葉の発音を聞き取れるレベルに調整するよりもはるかに簡単だ。

なので、私の歌唱技術は、そこらの吟遊詩人にも負けないレベルの腕前なのである。

「いろんな歌を知ってるのー？　お姉ちゃん何か歌って歌って！」

子供達にはやし立てられる私。

こういうときは子供達の要望を聞いてやり、高い腕前を披露して子供達との仲を深めるのが良い。

子供達に尊敬されつつも子供達と同じ目線を保つことが、子守りの一つのやり方だ。永遠の子供の身体は、子供達の心の壁を取っ払うのに非常に役に立つ。

「ふむ。ではククル、演奏を頼みます。『白昼の牧歌』、覚えていますか」

「ええ、お任せください」

私の言葉に、ククルは頷いて鍵盤に向き直る。

ククルには子供の頃何度も歌を披露したことがある。そして、鍵盤楽器の練習に付き合って異国の楽曲を教えてやったこともある。

『白昼の牧歌』もそんな異国の楽曲の一つ。私はククルのように鍵盤楽器を弾く技術はないが、メロディを彼女に披露したところ鍵盤楽器で見事に伴奏を再現してみせた過去がある。ククルの楽器の才能はそれなりに高い。

鍵盤からゆるやかな旋律が紡がれる。それに乗せて、私は魔法の声を響かせた。

『白昼の牧歌』。この歌は、私が生まれた遊牧民族に伝わるものだ。『庭師』の冒険時代、出身部族を見つけた私はしばらくの間そこに留まり、多くの文化を学んだ。

「広く緑、遠く青、輝く白に羊達。眠る猫、駆ける犬、いななく馬に来る夕暮れ」

草原で過ごす遊牧民の一日を語る歌だ。

ただ、歌詞はこの国で使われている言語ではない。せっかくの異国風景だが子供達にはそれを想像することができないだろう。

訳詞の才はないので異国の言葉での歌唱だ。まあ、この国のものとは違う旋律に浸って貰えさえすればいい。

ちなみに羊も猫も犬も馬もこの世界にはいない。近い動物を思考の中の日本語訳で当てているだけで、実際はこの世界独自の動物の固有名詞を使って歌っている。

歌が終わり、伴奏が終わる。

子供達は皆笑顔で最後まで聞いてくれていた。

歌い終わった私に、子供達が飛びついてくる。

「ねーねーなんて歌ってたの？」

「わたしもうたいたい！」

「なんだか不思議ー」

みんなめんこいのう。

◆◇◆◇◆

とある古い国を支配する帝の正妃には、多くの女官が付き従っていた。

帝の権力は強く、正妃はまさに国の象徴と呼べる高貴な存在であり、身の回りの世話から遊びの相手まで生活の全てを、侍る女官達が助けていた。

冬のある日、いろりの周りに集まり談話をする女官達に、正妃は不意に問いを投げかけた。

「香炉峰の雪はいかに？」

謎の問いかけに首をひねる女官達。

そんな女官達の中から一人、年若い侍女が立ち上がった。

その女官は無言で雪よけのすだれを高く上げる。すだれの向こうには中庭に降り積もった雪景色があった。

その国の近隣国には、「香炉峰の雪はすだれを上げて見る」という逸話があった。正妃は女官の教養を試したのだ。

正妃は見事な解答をした女官に満足して笑い、他の女官達も「そういう逸話の知識はあり詩に使うことはあったが、このように行動で示すとは思いもよりませんでした」と褒め称えた。

この女官こそ前世日本の古い偉人、清少納言である。

高貴な者に付き従う侍女は、その地位に見合った教養を要求される。

貴族にとっては、豪華な服を着飾ることよりも、きらびやかな装飾品を身に纏うことよりも、優秀な従者を持つことが重要なステータスとなるのである。

王城付き侍女ともなれば、貴族の子女達の中でも特に優れた者がなるとされている。花嫁修業の先として王城付き侍女の仕事が選ばれるのは、それだけの理由がある。つまり、王城に放り込まれ女官達に揉まれれば、どんなおてんばガールでも、強制的に優秀な貴人に変えられるというシステムがあるのだ。

侯爵の陰謀で——いや、はからいで私の奉公先が王城になったとき、私が躊躇《ちゆうちよ》したのもそういった実状があるからだ。

人格矯正プログラムにかけられるのが怖いとかではなく、単純に、『庭師』をやってきた自由人の私に高い教養を求められて、それに応えられるか不安だったのだ。

そんないまいち微妙な心構えで侍女生活を始めること二週間目の週半ば。私の思いは変わっていた。

別に良いではないか、貴族でなくとも。『庭師』出身という特殊な経歴はむしろ活かせるのではないか。

貴族の侍女が教養を持つとはいっても、それはこの国の閉じた知識。一方私は、木の形をしたこの世界の根本からてっぺんまで、全て回りきったグローバル自由人。外に出ねば得られない変わった教養を身につけていると思えばいいのだ。

そんな思いで歌った牧歌は、女の子達に好評だった。

「もっとうたってー」

「うたってー」

「歌って歌ってー」

やまないアンコールの声。他の侍女が面倒を見ていた子達も、いつの間にか私達の周りに集まってきている。

嫌いじゃない、こういうの。

こうまで純粋にせがまれては、ちょっと本気で喜ばせたくなる。

「では、もう一曲」

さっと私は観劇の役者が取るような礼をする。

「どの曲にしますの？」

鍵盤の前に座るククルがそう尋ねてくる。彼女の持つレパートリーは広い。

だが、今回は伴奏をククルに頼るつもりはなかった。

「次はククルも演奏せずに聞いていてください。――秘技を使う」

「まあ！　まさかあれを」

私の言葉を聞いたククルの表情がぱあっと明るくなる。

秘技を使う。そう、剛力魔人百八の秘技が一つ、人力ＤＴＭ！

――**【和音】魔法発動。**

音の魔法を奏でる。響く音は声ではない。それは楽器の音。

この世界に存在しない楽器、ピアノの音色だ。

静かなピアノの前奏が終わり、そこから私は音の魔法を一気に解放した。

ヴァイオリンの音。

サックスの音。

ドラムセットの音。

エレキギターの音。

シンセサイザーの電子音。

私は声を出すのに音の魔法を使っている。空気を震わせて人の声を再現する。そこに声帯という肉体の縛りはない。

つまりは、魔法を使えばどんな音だって再現できるのだ。

これぞ、私が編み出した究極の宴会芸だ。

複数の声色を重ねれば、どんな名うての吟遊詩人にも真似できない一人歌劇が実現する。

託児所の女の子達、そして世話役の侍女達の視線が私一人に集まる。

誰もが驚いていることだろう。当然だ。人を驚かせるために作った宴会芸の秘技だ。

日常的に声の代わりに音の魔法を使っている私だからこそできる大魔法である。

複数の楽器の音が重なる演奏に、私は歌声の音を追加した。

今度はこの国の言葉で歌う。幼い子供達にもわかるように。

紡ぐのは、建国史。未来の貴族達のために、この国の叙事詩を歌う。

「世界樹は月に根付き枝葉を伸ばす。若き枝の原初の大陸に命が実った。さあ、大いなる国の誕生を謳いましょう」

◆◇◆◇◆

枝の大陸に一人の少年がいた。命を見通す魔眼を持つ少年はクーレンと呼ばれた。

クーレンは石の鎌を使い薬草を刈り取って生活していた。

ある日、クーレンは傷つき倒れる天使を見つけた。クーレンは薬草をあたえ、天使を己の家で休ませた。

傷を癒した天使はクーレンを恩ある人と呼び、恩を返すまでこの地に留まると彼に伝えた。

クーレンの周りの人々は、珍しい天使を見に彼の家を次々に訪れた。

天使は美しかった。その美貌に男も女も魅了された。天使の噂は広く知れ渡り、クーレンの周りには多くの人々が集まるようになった。

人々は天使をめぐって争うようになるが、クーレンが割って入りこれを静めた。

天使の美しさとクーレンの人望に、人々はいつからかまとまるようになった。若い枝の大陸に国らしきものが生まれようとしていた。

だがあるとき、人々に向かって天使が語った。クーレンは自分を独占しようと企んでいる。木の枝で組んだ籠の中に閉じ込めようとしている。

人々は激昂し、クーレンを大陸の外に追い出した。

クーレンは激怒した。自分は一度も天使を囲おうとしたことはないと。だが人々は彼の言葉を聞かず、代わりに刃を向けてきた。

刃を向けてきた人々をクーレンはくびり殺した。それでも彼の怒りは収まらず、数少ない自分に付き従ってきた者達を率い、大陸に攻め入った。

大陸の人々は、クーレンが天使を奪いに来たと驚き、天使を守るように彼を迎え撃った。

万の人々と百のクーレンとその仲間達。クーレン達は強く、大陸の人々は次々と殺され首を刈り取られた。

戦いは続き、首を刈り取られた死体が地を埋めた。

クーレンの石の鎌は万の戦いに耐えきれず壊れたが、彼は死体の骨を使い新たな鎌を作った。

クーレン達が歩んだ後には、死体が積み重なって肉の道となった。

やがてクーレンは天使のもとへと辿り着く。

天使は語った。己は何も言っていないと。人々が勘違いをして勝手にクーレンを追い出したのだと。

だが、万の人々の死を見たクーレンの魔眼は、天使の嘘を見抜き、天使の本当の姿を暴いた。

天使は悪魔であった。クーレンは骨の鎌を振り上げ、悪魔の首を刈り取った。悪魔の首からは火の血が止めどなく溢れ出した。

大地を燃やさんとする悪魔の死体をクーレンは高い山の上に埋めた。さらに美しい悪魔の頭を泉に捨てようとするが、生き残った人々が泣いて捨てぬよう懇願するので、クーレンは慈悲の心で悪魔の頭を木の枝で組んだ籠の中に入れ、誰の目にも触れないようこれを隠した。

万の人々を失い大陸は荒れるが、クーレンはこれを静め、国を作り上げた。

戦いで首を刈り取られ死んだ人々は、一ヶ所に集められ大地に返された。生き残った人々はこの地をクーレンバレンと呼ぶようになり、クーレンはクーレンバレンの上に城を建て王となった。

◆◇◆◇◆

「王は願った。人の命を刈り取る時がもう訪れないように。全ての人々が共に生きられるように。さあ、大いなる国アルイブキラの誕生を讃えましょう」

叙事詩が終わる。それに続くように溢れる音の波をゆっくりと静めていく。

これは古い建国の歌だ。現代の歴史書にも残されていない、喪失した歴史である。

私が『庭師』だった頃、この国の王子――現在の国王と共に王家の遺跡から発掘した、幻の叙事詩だ。

作詞、昔の偉い人。

作曲、当時の王子。

編曲、私と人力ＤＴＭパワー。

満足した。久々に披露した音の剛力魔人百八の秘技の結果を確かめるため、私は周囲に視線を向けた。

みな呆然とした顔をしていた。先ほど歌ったときのような感激の反応がない。

あれ、あまりにも演出が壮大すぎて女の子達の歳じゃついてこられなかったか。

いや、そうでもない。感動に震えて目にうっすらと涙を浮かべている子もいる。

「ふえ……」

感動の涙を浮かべている一人の女の子がふと声を発した。

「ふえええええええええん！」

あれ!?　泣いた!?

「おはか、おはかー！」

んん!?

どういうことだ。

「うああああああん！」

女の子に釣られるように、他の子達も連鎖して泣き出し始めた。

なんだこれは。

と、後ろから誰かが私の肩を叩いた。振り返ると、そこには顔から表情をなくしたククルの姿が。

「キリンお姉様」

「なあ、なぜこの子達は泣いているんだ」

「最悪です」

ホワイ!?

「お姉様、クーレンバレンの城はいかに?」

「いや、急になんだ、ククル」

「お姉様、クーレンバレンの城の下には何がありますか」

うん? ああ、叙事詩のことか。

「首無し死体が集められているな」

「お姉様、ここはどこでしょう」

「託児所だろう」

あ、痛い。ククル肩に爪を立ててるな。

「ここはクーレンバレン城ですよ、お姉様」

「それがどうかしたのか」

「……んもう! 山のような死体の上に今居るのですよって歌ですのよ、今のは!」

……ああー、なるほど。

そこか。そこに注目するのか。

そうだな。天使は悪魔ではなかったのではとか、王は最初から天使を囲おうとしていたのではとか、そんな歴史浪漫をこの歳の子供達が感じるはずがないのだ。

小さな子供からすれば、この叙事詩は数万人の人間が首を刈られて殺されたサイコホラーだ。

『庭師』の頃は人の死に慣れすぎて考えが頭から飛んでいたが、貴族の小さな子女達にとって首刈り戦争は泣き叫ぶほど恐ろしい話なのだ。

「今夜眠れなかったらキリンお姉様のせいですからね。カヤに代わっていただいて一緒に寝て貰います」

「……いや、ククルの場合、昔からこういう武勇の話をせがんでいただろう。今更恐れるものか」

というか、昔のククルを相手しているときの感覚でいたため、女の子相手に戦いの歌などを歌ってしまった。

「んもう！　私だって怪談は怖いですのよ！」

怪談？　首刈り惨殺ではなく怪談的な要素でみんな泣いているのか？

ククルが先ほど言ったことそのままの意味で、死体の上に築かれた城にいるのが怖いということか。夜眠れないのは幽霊が怖いからだとでも言うのだろうか。

魂の仕組みは魔法的に太古の昔に解明済みで、彷徨《さまよ》う幽霊なんて完全な迷信となっている世界なのに、幽霊が怖いのか。

うむん。安定生活見習いの私と、平和な世界で生きる人との感覚のずれはここまで大きいのか。

「しかし、『庭師』の志望の子供達には人気の歌なのだがなあ……」

「おーねーえーさーまー！　相手は女の子ですよ！　もう、今日の研修は落第点です！　ほら、泣いている子をあやして！」

落第点か……。

クーレンバレンの城はいかに？

その問いに無言で正しい答えを示せるようにならないと、一人前の侍女とは言えないか。

いや、清少納言のやり方だと、現場がスプラッターになってしまうから駄目だ。

と、うわ。泣いた子が抱きついてきた。

「ほ、ほうら泣かない泣かない。単なる歌ですからねー。怖くないですよってああ鼻水つけないでください」

子供は可愛いけど、同じ目線に立ってものを見るのは難しいというのが今回の教訓だろうか。

永遠の子供ボディなのに子供心がわかっていないと思い知らされたようでショックだ。

ああ、おもらししてる子が！　そこまで首刈り王城怖くないよ！

8・私の戦技

一度死に、転生し、不老となったことで一つ思い知ったことがある。精神年齢というものは肉体に引きずられるものなのだと。

別に脳の構造がどうこうなどという、小難しい脳科学の話をしようとしているわけではない。簡単な話だ。肉体の状態は精神に多大なフィードバックをもたらす。

若者と言えない年を経た年齢の身体は、精神に鈍重さと慎重さを与える。

ろくに動けない乳幼児の身体は、目と耳で世界を観察する学びの精神を作る。

そして、若く健康で疲れを知らない十歳の魔人の身体は、無限の好奇心と無謀さを精神にもたらす。

戦いの日々に心が疲弊し、平穏と安定を求め新たに侍女となった私だが、この永遠の子供ボディは私の精神をただのアラサー女（もしくは元男）に留めおいてはくれないようだった。

毎日教えられる侍女の仕事。その内容に、私の好奇心メーターは常に限界マックスを記録していた。

健全な精神は健全な肉体に宿る。

そんな言葉は世迷《よま》いごとだと思っていた前世の私。

だが今ならわかる。

健全すぎる肉体は、健全どころか無駄に過剰で力強い精神を無理矢理に作りだしてしまうのだ。

向上心、集中力、チャレンジ精神。そんな正の精神パワーが、肉体の健康さから無限に湧きだしてくる。

私は『庭師』としての意欲を失った。戦いと冒険と発見の日々に疲れ切った。

だが私は別に、無気力な人間になったわけではない。静かな生活に強く憧れはしても、何もしないで漫然と日々を過ごしたいなどとは思っていない。

侍女として歩み始めた第三の人生。その平和な日々で、私は肉体の若さからくる好奇心や向上心を侍女の仕事を覚えることに向けた。

楽しい。

まだ侍女になってひと月も経過していないが、毎日が楽しい。

ただ静かに過ごせる場になればいいとだけ思い訪れた、王城での侍女の仕事が、とても楽しい。

そして自覚するのだ。この世界に生まれて二十九年経過したが、私の精神年齢は十九年前のあの日で止まったのだと。

だがそれも悪くない。

侍女として楽しい日々を過ごせるなら、心が子供だからといって何の問題があるというのか。

「つまりは、私は侍女の仕事を天職としています。おわかりですか?」

「お、おう」

私の熱弁を聞き、頷きを返したのは、王城では数少ない昔馴染みの顔。

青の騎士団現騎士団長である。

カヤ嬢に仕事を託されて、一人で千人長の執務室にお茶を淹れに行った私は、補修中の壁が目立つ室内にまた青の騎士がいるのを見つけた。

彼は王城勤務でないはずなのに、こう何度も顔を合わせるのが不思議でならない。が、騎士団長ともなるとあちこちをかけずり回って人と会うのが仕事の一つなのだろう。

彼らの仕事の事情には踏み込まずに、侍女として千人長と青の騎士にお茶を淹れた私。

そんな私に、青の騎士は「『庭師』の仕事をしてもらいたい」と唐突に話を切り出したのだった。

「今の私はしがない侍女見習いです」

城の中だというのに青の騎士団を象徴する青い鎧に身を包んだ騎士に、そう意見を伝える。

『庭師』という前職の経歴がある以上、侍女になっても城の士官達から荒事を頼まれることがあるだろうとは予想していた。

ただ、もう私は『庭師』の仕事を続けるつもりはない。

「まだ免許持ってるんだろう」

そう問いかけてくる騎士。

確かに、私はまだ『庭師』の免許を持っている。侍女であっても免許がある以上、他の人から見れば私は『庭師』のままだ。

「『庭師』の仕事の依頼ならば、生活扶助組合の事務員を通してください。もっとも私宛の依頼は全て断るよう全世界の組合に通知済みですが」

「なんでそんなんで免許失効にならねえんだ……」

「『幹種第3類』は大犯罪を起こさない限り死ぬまで有効です」

「夢の終身雇用じゃねえか……」

『幹種』は『庭師』が取り得る最大の免許種別だ。世界の成り立ちの真理を知り、世界を救えるだけの力を認められた者に発行される。

ただ免許はあくまで免許。先進的なことに職業選択の自由がある程度認められているので、今の私は先ほども言ったようにしがない侍女見習いだ。

「免許は有効ですが、組合での組合員登録は解除してあります」

生活扶助組合組合員。それが職業『庭師』の正式な名称だ。

免許はこの組合が交付しており、免許を持つ人物を組合員として雇い上げ、それぞれの能力に見合った仕事を適切に割り当てる。

免許を持っていても組合に所属する義務はない。個人的に依頼を探して仲介料を節約する自営の『庭師』がいたり、本職を持ち空いた時間で依頼をこなすような『兼業庭師』もいたりする。

「今の私の雇い主は組合ではなくこの王国です。女官としてできることを仕事としております」

私は侍女の礼を取りながら青の騎士へと申し上げる。

「なので、騎士団の合同訓練への参加は、今の私には職務外なのです」

◆◇◆◇◆

今の私はしがない侍女見習いだ。

城勤めの官職としての位は、栄えある青の騎士団長よりはるかに低く、見習いなので身の回りの世話をする直接の主がいない。

つまりは、騎士団長から指示を出されると、今の私ではそれが人道や道徳から外れたものでない限り拒否することができない。

十歳の幼女を騎士団の戦闘訓練に参加させるのは、はたして人道や道徳から外れた所業だろうか。

いや、残念なことに私の実年齢は二十九で、侍女として王城に上がるにあたって、侯爵の推薦状だけでなく『庭師』の免許状も使用した。つまりは訓練に参加しても問題ないレベルの戦力としてカウントされる。

世知辛い世の中だ。これが訓練でなく演習なら、「人間国家間の戦争行為には極力参加を控える」という前職『庭師』の規定を振りかざせたというのに。

青の騎士に侍女服姿のまま連れ去られた私は今、王城の外にある大きな練兵場で木剣を握ってたたずんでいる。

騎士団の訓練で私が出来るのは、立ち合いの相手くらいのものだ。覚えている剣技は、父から教えられた対魔物用の辺境蛮族のもの。ウォーリアではナイトに教えられる技などない。

そして私には人を率いる才がないので、兵の指揮もできない。魔法も詠唱のない特殊な魔法しか使わないので、騎士の魔法能力では教えられることがない。

結局のところ、戦いの指導者としての私は、怪力ウォーリアとして荒々しく剣や斧を振り回すことしかできないのだ。

そんな私がこの場にいて何の役に立つ、と声を（魔法的に）高くして主張したいのだが、青の騎士的には剣を振り回すだけで良いらしい。

「『殺竜姫《さつりゅうき》キリン』との剣技試合を始める！」

青の騎士団と共に合同訓練を行っている、緑の騎士団の騎士団長殿が低く響く声でそう宣言した。

緑の騎士団長は、銀髪だか白髪だか判別のつかない髪を長くたなびかせた、中年のダンディ巨漢マッチョである。いかにも頼れる騎士といった風貌だ。

背に担いでいる得物は槍斧。強力な魔法の加護がびんびんと感じられる。その巨体に合わせて作られた緑の鎧も見事な一級品だ。

一方私は子供用の侍女制服一枚のみ。防具はない。

いや、そこらの安物の防具は身体の動きを阻害するだけでむしろ邪魔なのだが。

先天的な身体能力系の魔人の生まれに、数々の鍛錬と様々な加護を得たこの身体は、防具が無くても十分頑丈だ。

手には訓練用の木剣。練兵場にある一番大きいものを貸してもらったが、父の形見である『不壊』の加護を持つ大剣とは比べものにならない程小さい。

木剣を軽く振ってリーチを把握する。子供ボディにくっついているこの腕は、肉体年齢に相応しい頼りない短さだ。そもそも私は並の十歳児より体軀が小さい。

素振りをして、身体を慣らす。『庭師』を辞めて昨日今日で、まだ動きはなまってはいないようだ。

そんな私の前に、一人の騎士が木の槍を両手に抱え、進み出てくる。

二十にも届いていない若い男。だが彼が身に纏っている闘気はその若さに見合わない達人のもの。

歩きの足捌きだけでその力量の高さがうかがい知れる。

むむ、こやつできる。

「それでは――」

私と若い騎士が互いに向かい合ったのを確認した緑の騎士団長は、低い声でとうとうと告げながら手を空に掲げた。

そして、勢いよく下に振り下ろす。

「始め！」

はいどーん。

直進踏み込み横薙ぎホームラン。

若い騎士は宙を舞い練兵場の向こうへと吹き飛んでいく。

うむ、異常なし。

「次の方をお願いします」

緑の騎士団長にそうお願いする。

騎士団長はその渋い顔をなんとも言えない表情に変えていたが、まあフォローとか説明とかコメントとかを入れるのも面倒なので次々行ってもらおう。

次に出てきたのは、筋肉質な壮年の男騎士。手には両手剣サイズの木剣。

いくら木剣でも、そのサイズで頭を殴ったら人が死ぬだろうと思わないでもない。訓練用に中抜きでもされているのだろうか。

彼は先ほどの若者とは違い洗練された動きはないが、代わりに荒々しい獣のようなオーラを放っている。

むむ、こやつできる。

「始め！」

はいずがーん。

離れた距離からの一足の飛び込み突きで、先端を予《あらかじ》め丸く削っておいた木剣の先が男騎士の鎧をへこませ、騎士の身体を豪快に転倒させる。

「次お願いします」

「……うむ、次！」

出てきたのは緑の騎士団ではなく青の騎士団の騎士。

細身の身体を持っており、体捌きを見るに速度で攪乱《かくらん》する技巧派の剣士だろう。武器も小回りと取り扱いに優れた形状の刺突剣——の木剣。

木剣を構えるその立ち姿も、これまでの騎士達のような、ずっしりと地に根を張る重心が感じられない。代わりに、立ち姿から羽毛のような軽さを連想させた。

むむ、こやつできる。

「では、始め！」

はいどーん、と見せかけてジャンプキックすぱーん。

地面に彼、いや、彼女の身体がうつぶせにめり込んだ。女騎士か。男性ほどの筋肉をつけられないからこその速度の剣か。

私は緑の騎士団長に視線を向ける。次をどうぞと。

「次、ヴォヴォよ行け！」

緑の騎士達の集団から、一際強い剣気を持つ赤髪の青年が一人歩み出てくる。

鎧は他の騎士達とは少し違うデザインだ。何らかの役職に就いている実力者なのだろう。

騎士団の高官は別に強い者がなると決まっているわけではない。が、王国の強さの象徴なので強いものがなるに越したことはないとかつて青の騎士が話していた。

彼が持つのは二本の曲がった木剣。二刀流である。二本の武器を同時に実戦レベルで使いこなせる者はそうそういない。

むむ、こやつかなりできる。

「それでは、始め！」

はいずどーんずがーんシュポーン。

私は先ほどから常人の目には追えない速度で動いているのだが、どうやら彼は一瞬反応できたようだ。私の攻撃を防ごうと剣がわずかに反応していた。

なのでいつもより多く攻撃しております。防御の剣を折り、カウンター狙いであろう攻撃の剣を折り、最後に足払いをかけて空に向けて打ち上げ退場願った。足払いでも人が空を飛ぶのが魔人クオリティ。

「さ、どんどんお願いします」

「う、む、……しかしこれでは余りに一試合の決着が早すぎて、訓練になるか少々疑問に思えてくるな」

緑の騎士が考え込むように渋い顔を作る。

「負けは騎士を成長させるが、自分が何をされたのかわからなかったとあっては、成長のしようがない。手加減できないかね」

「していますよ。手加減してなかったら木剣を使っても潰れた挽肉の完成です。あと、『庭師』は対人戦闘ではなく対魔物戦闘を覚えるので、敵は発見次第殺せが信条です。毒霧や火炎放射を向けられてはかないませんので」

というかめんどい。早く帰りたい。

なぜ私がこんなことをしなければならないのか。侍女の仕事の範疇《はんちゅう》をこれでもかというほど逸脱している。

いちいち騎士達の武芸の上達になど付き合っていられないので、開幕即ぶっとばしだ。早く終わらないものか。

みんなまとめてかかってこい！　とか言えば早く終わりそうだが、いくらなんでもそれは騎士の方々を馬鹿にしすぎなのでやらない。

なので今の私は、目の前に立った騎士の人を順番に殴り飛ばすライン工である。時給は０円。

あ、王城で今の私の扱いどうなっているのだろう。千人長の部屋からそのままここまで連行されたのだった。

侍女長にちゃんと話を通してくれているのか、青の騎士は。見習いが早々にサボりをしていると思われたら最悪だ。

と、次の騎士が木剣を構えてやってきた。

「始め！」

はいすこーん。

新しい騎士は明らかに守りの体勢になっていたので、木剣をぶん投げて鎧の隙間打ち。

木剣でも強く投げれば痛い。悶絶する騎士が、他の騎士達に運ばれて退場していく。

「むう」

またもや渋面の緑の騎士団長。

自ら武器を手放す剣投げをしたのだからその反応もわかる。が、剣投げはリーチのなさを補う強力な技なので私はそれなりに使う。

狩猟民族が大型動物を集団で狩るときに使うのは、昔から投げ槍と相場が決まっている。武器投げは文化。

一対一ならば、投げて避けられた後は上手く立ち回って拾えばいい。前世中国の古典、『三国志』に登場する徐庶《じょしょ》という文官は、文官のくせに撃剣という剣投げの達人だったという。

「ぬう……、次の者」

緑の騎士の表情は優れない。

彼らの予想していたような剣の訓練にならずに、ただいたずらに騎士がノックアウトされている現状に思うところがあるのだろう。

でも私の剣技はそんなたいそうなものではなく蛮族の剣であるし、なにより私にやる気がない。

ご丁寧に剣の手ほどきに付き合ったら、今日だけでなくまた頻繁に訓練に付き合わされる気がしてならない。

「参考になられないのなら、今すぐ王城に帰らせていただきますが……」

というか帰らせてくださいませ。

今日は千人長のお茶汲みを一人でした後は、カヤ嬢と共に寝室のベッドメイクを行う予定だったのだ。

騎士団式の剣の訓練には、その仕事に勝る興味を引く要素がない。

それに試合を眺める騎士達の奇妙なものを見るような視線が痛い。

うむ、私がやっているのは剣の試合じゃないからだろう。魔人のパワーに任せた蹂躪《じゆうりん》だから。巨人が暴れているのと変わらない。

でもこれが私の戦い方なのだ。やっつけなのは否定しないが、パワーイズジャスティス。戦いにおいて力が技を上回る状況なら、力任せにしてもいいではないか。

「おいおい、殺竜姫様よ、まだ帰すわけにはいかねえよ。最後まで付き合ってもらうぞ」

一人のんきに試合を観戦していた青の騎士団長が、私に向かってそんなことを言った。

「……そもそも殺竜姫ってなんですか。そんな二つ名を持った覚えなどないのですが」

「俺達騎士にとっちゃあ、お前の武勲は北の山の飛竜殺しだ」

「左様ですか」

殺竜姫て。殺竜姫て！

剛力魔人でいいじゃないか！

「とりあえずここに居る騎士全員をこてんぱんに伸《の》してもらうかな」

「……全員て。あとこてんぱんって、そこまでこの訓練を継続させる必要が感じられません」

「必要あるんだよ。一対一じゃあ絶対にかなわない相手がいるってことを、訓練のうちに身体で覚えさせねばならねえ。でないと人の身で竜なんて倒せないさ」

私は彼と共に戦った対飛竜戦のことを思い出す。

冒険者と騎士団総掛かりで討伐に挑むも、いくら傷を付けても無限に再生する竜の前に私達は膝を折った。

だが、最後には戦士達が竜を地に縫い付け、魔法使い達が大魔法で大砲を撃ちだして、脳と心臓を同時に貫くことで竜を打倒した。このときの大魔法の砲弾が私である。

人一人の持てる力は限られている。この北の飛竜以上に凶悪だった、災厄の悪竜を倒した勇者も、仲間を三人連れていたのだ。

「ただまあ若い奴らだけにきつい訓練をさせるのもあれだ。だから次の相手は俺がやるぜ」

そう告げると、彼は地面に転がっていた両手剣サイズの木剣を拾い柄を握った。

どよ、と周囲を囲む騎士達からざわめきがあがる。

ひそひそと騎士達が何やら話している。ふむ。

「ぶふ、青い貴公子ですか」

「なんでお前がその二つ名知ってんの!?」

「周りの人が言っているのを聞きました。私耳が良いので」

竜殺しと青い貴公子の対決だ、とかなんとか。

「てめえらー！　次言ったらひねり潰すぞ！」

顔を真っ赤にして青い貴公子、もとい青の騎士が周囲に向かって叫ぶ。

だが誰がその名を言ったのかはわからなかったのか、荒くなった息を整えながら剣を構えた。

「本気でいくぞ。お前も本気を出せよ」

「本気で斬ったら木剣でも鎧ごと胴体真っ二つですが」

「あ、やっぱ力は加減して……。だが、その敬語はやめろ。俺は侍女に戦いを挑んでるんじゃない。

最強の『庭師』のお前に挑んでるんだ」

「……ふむ、私より強い者はいっぱいいるぞ。英雄と呼ばれる者がそれだ」

気持ちを切り替える。やる気は未だに出ないままだが、こいつが本気でくるとなったら、ゆるんだ侍女脳では対処しきれない。

「ではよろしいか」

私達の会話を無言で聞いていた緑の騎士団長が、確認の言葉を発した。

私は無言で剣を構え、精神を集中させる。五感が鋭くなり、世界が広がる。

青の騎士も剣を正眼に構えて瞳に力を入れた。水面を思わせる彼の静かな剣気が肌に伝わってくる。

「始め！」

最速の突きを放つ。駆け引きなど無視だ。私の本気は「力を込めてぶっ飛ばす」だ。

体当たりとも言える突き。それを青の騎士は半身を動かしかわしてみせた。さらに彼は私の進路に足の先を出してきた。

突進に対して足の引っかけ。騎士とは思えない喧嘩《けんか》の技。だがそれでこそ私の戦友だ。

私はその出された足を逆に蹴飛ばす。人体の限界を超えて身体を動かすのが魔人である私だ。

だが、青の騎士は器用にも出した足を瞬時に引いて、蹴りを避ける。

騎士の横を私の身体が通り過ぎる。私は足を踏ん張り急停止。振り向きざまに横薙ぎを一閃。

背の小さな私の横薙ぎは、背の高い青の騎士にとっては対処が難しい低い攻撃だ。だがそれも青の騎士はわずかに後退して紙一重で回避してみせた。

空振った私に青の騎士が反撃の突きを打ってくる。

私は空振りの勢いを止めず、そのまま一回転しながら強引に跳躍する。

騎士の突きを飛び越え、そして身体を回転させながら剣を振り回す。だがこれも当たらない。青の騎士はいつのまにか剣を引き大きく距離を取っていた。

着地。それと同時に青の騎士に向かって飛びつき斬りつける。回避。さらに斬る。回避。斬る斬る斬る。全て回避される。最後に騎士が反撃の鋭い一撃を入れてくるが、私は無理矢理腕を動かしこれを木剣で防いだ。

「くかかかか！　楽しいなあ剛力魔人！」

「私は早く帰りたい」

「そう言うなよ！」

私が攻勢に出て、青の騎士が回避し反撃を狙ってくる。この繰り返しだ。

私は怪力の魔人である。強い力を振るう土台である身体能力は常人のそれをはるかに超えている。さらには『庭師』として戦い続けた経験と、身にまとった魔力が鋭い『直感』をもたらしている。

そんな私の攻撃を避けている青の騎士もまた、魔人だ。

だが私のように全身の性能が高い超人というわけではない。彼の魔人としての先天能力は魔眼。全てを見通す目と彼は語っていた。

要は動体視力の類がすごいのだ。私の前世の知識によると、人は目でものを見てから視神経を通じて脳に映像を送り、それに対して行動の指示を手足に伝えるまでの間に、反応のタイムラグが発生するらしい。

この世界の人間が前世の地球人と同じ生物かどうかはわからないが、常人は見てから避けるという動作に限界があるのだと、人との戦いで私は知っている。

だが彼にはその限界が存在しない。青の騎士は光の魔法を見て避ける。光の速度を考えると、光が目に入るイコール直撃となるはずだが、彼の目は光を見て光を避けるという矛盾した行為を可能とする。予知の魔眼なのかもしれない。

そんな彼を打倒するには、長期戦に持ち込み体力を消耗させれば良い。

魔人の目を持っていても、身体は魔法の保護も、世界樹の加護も、天界の祝福もない普通の鍛えられた騎士のものだ。

だが私はその手段を取らない。何度も言うように私は帰りたいのだ。日が暮れるまで付き合うつもりはない。

なので、別の手段で彼の肉体の限界を引き出そう。

木剣を後ろに構え大きくバックスイング。そして地面をえぐるように振り上げる。えぐるようにではなく、実際にえぐり取られた地面の土が、青の騎士に襲いかかる。さらに私は騎士に向かって飛びかかり、斬撃、蹴り、蹴り、裏拳、体当たり、突きと反撃を与える間もなく連続で攻勢をかける。

避けられるなら、避けられないくらいの速さで連続攻撃をし続けてしまえ作戦。

青の騎士は顔一面に汗をしたたらせ必死に回避を続ける。

そして一方的な暴力が続くこと一分ほど。ついに私の拳が彼の腹に届いた。

ぽーんと宙に舞う騎士の身体。

腹を守っていた騎士団長の鎧は見事に砕けていた。

訓練中に士官用の鎧が破損した場合、誰が新調の費用を出すのだろう。そんなことを考えている間に、青の騎士の身体が地面に落ちて豪快な激突音をならした。

うむ、もうこれは剣技の試合でもなんでもないな。

◆◇◆◇◆

私が王城に戻れたのはすでに終業時刻をすぎた後だった。

まず侍女長のもとに向かい、事情を説明。問題ないので今日はもう休むようにと指示を受けた。

私の戦う姿を見たかったと言われたが、あれはきっとあなたの思っているような優雅なものではないですよ、と返すかどうか迷った。返さなかった。

そして宿舎に戻り、私に割り当てられた二人部屋にようやく帰ってきた。

部屋にはすでにカヤ嬢がいて、侍女の制服から私服に着替えていた。一方私は砂埃《すなぼこり》まみれの侍女の制服のままだ。

「んー、ふふふふ」

帰ってきてからというもの、カヤ嬢は妙に上機嫌だった。

私はそんなカヤ嬢の視線を受けながら服を着替える。早く風呂に入ってしまいたい。お腹もすいた。

「キリンさんも息抜きに仕事を抜け出すことを覚えましたか」

上着に袖を通しているところに、私の汚れた侍女服を手に取ったカヤ嬢がそんなことを言ってきた。

仕事を抜け出す。ああ、侍女長に話が通っていても、私と一緒に仕事をする予定だったカヤ嬢には事情が伝わっていなかったのか。

「安心しました。見ていてあまりにも熱心すぎでしたからね。このまま見習いを卒業したら過労で倒れるのではとずっと心配だったのですよ？」

「いや、遊びに行っていたわけではないのだが」

「外を飛び回りでもしないとここまで汚れませんわ」

「まあ城の外にいたのは確かだが……」

私は風呂の時間が回ってくるまで、カヤ嬢に仕事を抜け出すことになった事情の説明をすることに追われた。

なかなか聞いてくれないカヤ嬢をなんとか納得させた後は、カヤ嬢に青の騎士の戦いぶりを聞かせてくれとせがまれ会話を続けることとなった。

結局この日一日は騎士団との訓練に関することで過ぎ去ることとなった。

◆◇◆◇◆

シーツを抱えて私は王城の廊下を歩く。

ベッドメイクで換えたシーツを洗濯担当の下女のもとへと運んでいるのだ。

侍女には基本的にものを持ち運ぶ力仕事が存在しない。ただし、ワゴンを押して茶器や食器を運ぶ仕事はある。

そして例外的にこのシーツやドレスといった軽いものを持ち運ぶ仕事がある。ただし、私の魔人としてのパワーが活かされるような場面は巡ってこない。

私はそんな侍女の仕事が好きである。

力を持って生まれたからといって、力を使って生きなければならないわけではない。ある意味、『庭師』の頃よりも自由な生き方を今私はしているのかもしれない。

昨日は青の騎士のせいで一日が潰れたが、寝て起きたら昨日のことなどどうでもよくなり、今日一日を楽しく過ごすことに心が向いた。

朝から上機嫌である。思わず鼻歌を歌いたくなる。歌えないが。

シーツを抱えて廊下の角を曲がったところ、緑の鎧を着た青年騎士が廊下の真ん中をこちらに向かって歩いてきた。

私は廊下の隅に移動し、礼を取って横を通り過ぎようとする。が。

「おお、キリン殿、探しましたよ」

緑の鎧を着た騎士が私に向かってそんなことを言ってきた。

昨日の今日でまた騎士が私に用事か？　高まっていた一日のやる気がみるみるうちにしぼんでいくのがわかった。

「おはようございます騎士様。何かご用でしょうか？」

礼を取ったまま挨拶をする。

青年騎士はああ、と頷きを返した。

ふむ、この騎士は見覚えがある。というか昨日緑の騎士団のいる訓練に参加したばかりだ。

短い赤髪、若く整った顔、鎧の上からでもわかる鍛えられた身体。鎧は一般騎士とは違う、役職を持つ者が着るのを許される上等なもの。

ああ、緑の騎士の中でもそれなりに強かった、あの曲刀二刀流の剣士か。

「ええ、キリン殿にお願いがあってきたのです」

「お願いですか。侍女見習いの身ではご期待にそえる働きはできないかもしれませんが……」

嫌な予感がする。というかこの状況で嫌な予感がしなければとんだ鈍感だ。

今日は何だ。一日剣の修練に付き合ってくれとでもいうのか。私だって自分の仕事を持つ王城の従業員なのだぞ。

そんな私の心中を知ってか知らでか、緑の騎士が私に近づいてくる。

そして彼は急に、私の前で膝を折りしゃがんだ。

いや、確かに私は背が小さいけど。130センチもないけど。そんな子供相手にするように視線を下げて会話しなくてもいい。見下ろされても怖がらないぞ。

「あなたに剣を捧げることをお許しいただきたい」

……ホワイ？

「はい？　どういうことですか？」

「私の主になって欲しいのです。剣の姫よ」

あー、うん。これは。あれか？

カヤ嬢が好んで読んでいる恋愛小説のようなあれか？

自分が守りたいと思った貴族の娘に、国への忠誠とはまた別に騎士が剣を捧げ主従の契約を結ぶというあれか？

でも私は小説の貴族令嬢のような「守ってあげたくなる儚い美少女」ではないぞ。私昨日こいつのことを蹴り飛ばしたぞ。

「そして、許されるならば未来の私の妻になっていただきたい」

「はああああ!?」

何がどうなってそうなった。

……いや、落ち着け。まずは相手を見ろ。

表情、目線。うむ、嘘や冗談を言っている様子はない。つまり本気。

導き出される答えは一つ。

こいつロリコンだ！

うわー、うわー。久しぶりの出現だ。

世の中は広いもので見た目十歳の女である剛力魔人の私に、愛の言葉をささやく人種が存在する。

このように往来で堂々と告白してきたり、縁談を持ちかけてきたり、攫《さら》おうとしてきたり、襲いかかろうとしてきたりといろいろなパターンがある。

勘弁して欲しい。私は幼女で、元男だ。

今のところ、男とも女とも愛を育むつもりは毛頭無い。

やっかいな事態に発展する前に騒動の芽はつんでおかなければ。

「申し訳ありませんが……」

私はシーツを両手で抱え、騎士から距離を取る。拒絶の意志を身体で示す。

私の様子に騎士の顔に落胆の表情が浮かぶ。

これで対象が私でなければ、剣を交わしたよしみで恋愛の面倒を見てあげても別にかまわないのだが。

あ、いややっぱり駄目だ。ロリコン男の恋の助けなどしてはいけない。

とりあえず、私は十数パターン用意してある断りの返事を頭の中に展開。

その中から騎士という人種に相応しそうな言葉をチョイスすることにした。

「私より弱い人はちょっと……」

9・私の食卓

世界の話をしよう。

この世界は球体の惑星ではない。

現代地球人としての知識があるとその事実に驚いてしまうのだが、この世界の住人達はそれを当然のこととして受け止めている。

この世界は巨大な一本の木である。

人々の住む大陸は、幹から伸びた枝の葉が積み重なったもの。他の大陸に渡るには、海を船で進むのではなく枝をつたって移動する。

世界には階層があり、上に行くほど若い枝の大陸となる。

世界を下に辿るとやがて根の国に辿り着く。そして世界の根は、荒廃した大地に根付いている。

生き物が生息することができない『ケッフェキリ』と呼ばれるこの死の荒野。実のところは空気のないただの衛星である。

世界の成り立ちの話をしよう。

この世界の人々は太古の昔、球体の惑星に住んでいた。

土と海の星に神々が住み、様々な国と文明が生まれては消えていった神の時代をつづる『大地神話』。

その神話の最後では、世界の崩壊が語られる。この世界に生まれたばかりの頃の幼い私は、この神話の締めくくりを宗教によくある終末思想とだけ思っていた。

『庭師』となった私は、世界を巡り、世界の本当の形を知り、そして木の世界の中心である『幹』に辿り着いた。

そこで知ることになった世界の真実。『大地神話』は実際にあった太古の歴史であり、今生きる人々は崩壊した世界から生き延びた神々の末裔なのだという。神話の神々はただの人間であった。

そしてこの木の世界は、崩壊する世界から人々が逃れるために一本の大樹を元に作りだした、脱出船なのだという。

私は、かつてこの世界をただの「剣と魔法のファンタジー世界」だと思っていた。だが実際は、崩壊した惑星の衛星に不時着した宇宙船が舞台の魔法SF世界だった。

小惑星に根付いた脱出船は、星から資源を吸い取り成長する。そして生き延びた人々は脱出船の上で新しい文明を興す。

その果てに今の私が生きる「剣と魔法のファンタジー世界」の文明ができあがった。

冒険者達が『庭師』という俗称で呼ばれるのも、世界という一本の木、世界樹の枝葉を園丁する存在だからだ。

一度死に、そして新たに生まれた今世の私は、大きな木の枝に立ち、魔法で作られた人工の太陽の下で生きている。

この不思議な境遇をとりあえず簡単にまとめると、「地球から異世界に転生した」となるだろうか。

さて、長々と考えたが、なぜこんなことを今更思い巡らせているのかというと、私は異世界に生まれてしまったのだなぁと、最近また実感しているからだ。

異世界である。地球とは違う世界である。

人間はいるが、世界を満たす動植物の数々は地球とは違う。私の愛してやまない猫がこの世界にはいない。

ペット事情だけならそこまで気にする必要はないが、これが食事の事情となると変わってくる。

前世とは異なる数々の食材。

二十九年といくらかこの世界で過ごし、それにはさすがに慣れた。

米を懐かしく思うがこちらの穀物も悪くない。

だが問題は調味料だ。

この世界は一本の大樹である。人々が住むのは幹から伸びる枝の上である。

枝の上には土が被さり、一見前世となんら変わらない世界に見える。だが枝の上である。

世界には海がない。

水は地中深くの枝から染み出してきて、蒸発した水分は天蓋に吸収され、世界の中枢である『幹』の管理者により雨の天候が実行される。

雨と地下水により、世界には湖や川が存在する。

だが海がない。

海とは何か。塩水に満たされた領域だ。

海がない。つまり、海から塩を作り出す風習が存在しない。

大問題である。生物は塩がなければ生きていけない。

この世界のどこに塩が存在するのか。答えは地中。

世界樹は根を張った小惑星から様々な資源を栄養として吸い出している。

そしてその栄養は、果実として地中深くの枝に実る。その多くは岩石。大きく実った岩石は土を突き破り、山となる。

岩石以外にも、鉄や銅、炭などの鉱物が地中深くに実っている。岩塩もその一つだ。

実った岩塩は、同じく枝から実った水により少しずつ溶け、土に染み出す。

この世界の人々は、その塩分濃度の高い土を精製して塩を作り出す。

また、大地を深く掘り、実った岩塩の鉱脈を直接取り出す方法もある。

だが、どの方法も前世の地球での塩の入手法と比べると非常に手間がかかるものだ。

この世界は海水から塩を取り出すことも、海水が固まってできた地表の岩塩を採取することもできない。

この世界では、塩は高価なのだ。

前世の地球における調味料の歴史は、塩と密接な関係があった。

その代表的なものが醤《ひしお》。食材と塩を混ぜ発酵させた調味料で、大豆から作られるのが味噌と醤油。魚から作られるのが魚醤。醤は人類の食文化を東西問わずに支えた偉大な調味料だ。

しかし、数々の醤が生まれたのは、世界に豊富な塩があったからだ。

調味料の発達は、素材が豊富に手に入る状況でなければ起きない。

こちらの世界の塩は高級品だ。

他の食材と混ぜ調味料に加工すると、さらにその値段は上がる。

しかし人間は生物学的に多くの塩分を必要とする。発汗機能が発達しているからである。

結果、この世界の文明では長い年月を経てどうなったかというと、生活の必需品として身分を問わず塩飴を舐める文化が生まれたのである。

塩を豊富に使う料理文化は根付いていなかった。

◆◇◆◇◆

「我らが偉大なる母、大地と世界樹に実りの感謝を。アル・フィーナ」

世界樹教の食前の祈りを捧げ、通常シフトの侍女達が食事を始める。

仕事終わりの夕方の侍女宿舎。私達はここの食堂で共に食事を取る。仕事が長引き食事の時間に間に合わない侍女もいるが、そういった場合も個別に食事を取れるようになっている。

一斉に食事を取るのは、数の多い女官がばらばらに食事を取ると、飯炊きと配膳の下女を多く雇う必要がでてくるからだ。

国が民に対し仕事を与えるのは政策として良いこととされているが、王城に出入りする民間人を増やすことに対してはどうやら避ける傾向にあるようだ。

私は祈りを捧げた手を下ろし、食器を手に取った。

世界そのものを信仰する世界樹教はこの国の国教である。食前は皆世界に感謝の祈りを捧げる。アル・フィーナとは聖句であり、短い魔法の詠唱だ。唱えることで悪意を浄化する。

私は魔法の詠唱ができないので、この聖句を音の魔法で発してもなんの効果もない。が、代わりに私の両隣に座るククルとカヤ嬢の祈りの力が、ほんの少しであるが私のもとにも届いた。

「今日も一日お疲れ様でした」

そうククルが私に声をかけてくる。

今日は一日カヤ嬢と共に仕事をしたため、ククルと顔を合わせるのは朝食以来だ。

昼食では仕事の時間がずれていたのか彼女とは会っていない。

「お疲れ様でした」

「お疲れ様」

カヤ嬢と私も互いに慰労の言葉を交わす。敬語モードは解除済み。

私の左にカヤ嬢、右にククルというのがこの食堂でのいつもの席順だ。

王城に奉公に来て日が浅い私に気を遣ってくれているのか、こうやって私が孤立しないようにしてくれている。

「今日はアルル魚の蒸し焼きですか。私、これ大好きですの」

カヤ嬢が二叉のフォークで赤身魚をほぐしながらそう言った。

「カヤは昔から魚好きですわね」

「アルル魚は実家の近くの湖にいるのですよ」

「ああ、なるほど。キリンお姉様、カヤの家ではよく湖で園遊会を開きますのよ」

ククルとカヤ嬢は王城に侍女として上がる前からの友人らしい。

ククルの実家のあるバガルポカル領と、カヤの実家である伯爵家のアラハラレ領は隣り合った領地だ。その地理的な縁と、お互い歳の近い娘という事情で仲良くなったのだろう。

「園遊会か。水辺で酒を酌み交わしたり、ボートで遊覧したりするのかね」

想像の中のこの国の野外貴族パーティの様子をカヤ嬢に尋ねてみる。

「ふふ、それがですね、私の父は釣り好きでして」

む、釣りとな。私も前世では釣りが好きだった。

こっちの世界に生まれてからは水の中にいる魚の場所を感知できてしまうので、待つ醍醐味が減ってもう趣味としてはやっていないが。

「それで、集まった方達と一緒に湖に船を出して釣りをしますの。そこで釣った魚を夜会で食べるのが毎度の楽しみでした」

ふむ。この国は肉食の文化が強いが、カヤ嬢は珍しく魚好きであるようだ。

私はカヤ嬢に向けていた視線を前に戻す。配膳された皿には、蒸し焼きにされた魚がのっている。

フォークで皮を崩すと、ふわっとほぐれた赤身が顔を覗かせる。

この世界の魚には白身と赤身、青身だけでなくケミカルな身の色をした魚が食用として市場に出回っている。魔力がどうとか水草がどうとか色が付く理由があるらしいが、あの色を見ると正直食欲がわかない。前世の米国のお菓子もあんな色であった。

このアルル魚は幸いにも自然な色をしている。香辛料の香りが食欲をそそる。

ほぐした身を私は左手に持ったトング（のような箸のような金属を折り曲げた食器）で掴むと、口に入れて噛みしめる。

うむ。

「私は、魚は塩焼きにして食べるのが一番好きだ」

「塩焼き？」

カヤ嬢は聞いたことがないといった表情で私に聞き返してくる。

「ああ、砂粒のように細かくした塩を身に振って、直火で焼く。素朴な塩の味と脂のうま味が嚙み合って実に美味だ」

「是非食べてみたいですわ」

『庭師』時代は野営をすることが多く、川で魚を捕らえ内臓を取り出し携帯している塩をすり込んでたき火で焼いた、川魚の塩焼きをよく食べたものだ。

前世のサンマの塩焼きが懐かしくなる。

この世界でも秋のサンマのように脂のたっぷりのった魚はいるが、大根がない。大根おろしが作れないのだ。

サンマ、大根おろし、醬油、白いご飯。ああ懐かしい。

そんな望郷の思いを巡らせつつ、私はトングをおいてパンを手に取る。

世界が変わっても食卓の主役は穀物だ。このパンは、向日葵《ひまわり》のような穀物カツツの実を脱穀し粉にした、向日葵麦粉を使ったパンだ。パンといっても酵母でふっくらと焼き上がっているわけではなく、ナンのように平べったい形をしている。カツツの実は麦に似た性質を持っている。

パンをちぎり、スープに軽くひたす。このパンとスープは必ずセットで出される。スープにつけるのが一般的な食べ方だからだ。

この侍女の食堂では、フォークとトングで器用にパンをちぎって食べる礼儀の行き届いた子が多い。が、私は面倒なので手づかみだ。

スープを吸ったパンを一口で食べる。噛むごとにスープの水気がパンから染み出してくる。

うむ。

「キリンお姉様もそろそろ食器使いを覚えませんとね」

手づかみでパンを食べる私にククルがそんなことを言った。

「いや、私は使えないわけじゃないぞ。面倒なだけだ」

「面倒でもちゃんと使うのが作法ですのよ」

うーん、さすがは貴族の花嫁修業の場。

私は再びトングを手にして、菜っ葉のサラダを食べる。

うむ、ドレッシングの酢が利いて美味だ。美味い。

美味いので一口二口と食べていったらすぐになくなってしまった。

侍女の食事量は少ない。貴族の食卓といえばテーブル一杯に食べきれない量の皿を広げ、食べられる分だけ食べて後は全て残すというイメージがある。だが、ここの食堂はまるで学校給食のように決まった量しか食事を出さない。

理由を前に聞いたところ、侍女が太らないようにするためだとか。

侍女は、美しさを保つのも義務であるようだ。

「お姉様、またサラダだけ先に食べて。バランスよく順番に食べませんと」

「ククル、お前は私のお母さんか」

「教育係です」

「んん!?」

おかしいな。

ククルは昔から私の妹で教え子のような存在だったぞ。

「ほら、食器を使ってパンを食べましょうね」

わかりました侍女先輩。

食器を両の手で確かめるようにしっかりと握りなおす。私の利き手は両手なので左右どちらにトングを持つかはその日の気分だ。

フォークでおさえてトングでちぎる。

スープにつける。口に運びぱくりと食べる。

そんな作業をひたすら続ける。

魚も忘れずに食べる。

もっそもっそ。

さすが貴族の子がなる侍女の食卓。そこらの町の定食屋では食べられない上等な料理だ。

しかしだな、うむ。

心にもやもやを抱えながら、私は気を晴らすように両隣の二人に話題を振った。

「しかしなんだね。今日の食堂はいつもと雰囲気が違う」

食堂を見回しながら言う。

私服に着替えた通常シフトの侍女達。

いつもはお淑やかに食事を取っているのだが、今日は会話も多く皆どこかそわそわとしている。

明日は国で定められた一週間に一度の休日。侍女の仕事柄、全員まとめて休みを取るということはない。が、休日の王城は働く士官が少ないので、侍女の仕事量が少なく、それに合わせて休みを与えられる侍女の数が多い。

そんな週に一度の休日を彼女達は楽しみにしているのかと思うが、前回の休日前夜よりも少女達の浮かれようが上がっている気がするのだ。侍女になって二度目の休日なのでサンプル数が少なすぎるが。

「ああ、キリンさんは初めてでしたね」

私の疑問に、カヤ嬢が笑って答えてくれた。

「昨日お給金が出ましたでしょう？　それで明日どう使おうか考えているのですよ」

「給金？　みな良家の子女であろう。別に侍女の給金がなくとも金には困らないだろう」

「困りはしませんね。でも、やはり自分で働いて手にしたお金ですから、思い入れが違いますわ」

なるほど。なるほどなるほど、ここにいるのは皆貴族の子女達だ。確かにお金には困っていない。

だが、やはり自分が働いて手にしたお金を使うというのには心が満たされるものがあるのだろう。

いや、貴族だからこそ、生活に余裕があるからこそ、自分の力で手にしたお金というものに特別な思いを抱くのだろう。

そう、たとえ話をしよう。

今私が食べているこの料理も、侍女ならば無料で与えられるものだ。

しかしそんな生活が続く中で、自分達で料理を作ってみたらどうなるか。いつもと違った気分で食事を楽しめる。

給金で休日をすごすのは、年若い侍女達にとってそんな生活のスパイスのようなものなのだろう。

私は前世の遥か遠い子供時代を思い出して、何ともほんわかした気持ちになる。

この少女達の雰囲気は嫌いではない。

『庭師』時代には味わえなかったものだ。『庭師』は手にしたお金のほとんどを武具につぎ込む。誰も彼もが名を揚げることばかり考えていた。日々を生きることよりも、世界に己の名を残すことを考えるのが、『庭師』という人種だ。

「お姉様、明日の休みはどうされます？」

「キリンさんは私と一緒に薔薇の植物園に行くのですよ」

ね？　とカヤ嬢が私に笑顔を向けた。

ふむう、まだあの情操教育の話は有効だったのか。

「薔薇の植物園ってここの薔薇の植物園ですか？」

「ええ。キリンさんに花の美しさを知っていただくのです」

「私もご一緒してよろしいですか？」

「もちろん。一緒にキリンさんに淑女のなんたるかをお教えしましょうね」

「ふふ、さすがカヤ。よくわかっていますわね」

私をはさんで二人が仲むつまじげに言葉のキャッチボールを交わしている。

私は別にカヤ嬢に対し、植物園に行くことを承諾したつもりはない。しかしそのことを告げるのはよろしくない。

これだけ二人が楽しそうにしているのだ。是非一緒に休日を過ごしたい。

だからこそ、これから言うことがとても心苦しい。

「カヤ嬢、それとククル。すまないが、明日私は行かねばならぬところがあるのだ。だから、植物園は次の休みのときに頼む」

「えぇー。そんな」

目に見えて落胆の様子を見せるククル。すまぬ、すまぬ。

「うふふ！」

カヤ嬢は、むう、なぜかすごく嬉しそうだ。

「うふふふ、そうですか。キリンさん、そうですか」

「どうしたのだ、カヤ嬢」

「いえいえ、わかっていますとも。ぜひとも明日は楽しんできてくださいまし」

どうしたのだ、本当に。

カヤ嬢には明日私が何をするか言ってないし、そもそも明日することは楽しむようなことではない。

「どういうことですの？」

ククルが不思議そうに私とカヤ嬢の顔を覗き込んだ。

「いや、私にもわからん」

「あらあら、キリンさん誤魔化そうとしても駄目ですわ。お姉さん全部わかっているんですよ」

何がだ。

「カヤ、どういうことかしら？」

「うふふ、キリンさんは明日ヴォヴォ様とデートをするのですわ」

はあ!?　デート!?

何がどうなってそんな話になった？　というかヴォヴォって誰だ。

「ヴォヴォ様って、もしかして緑の騎士団の剣総長のヴォヴォ様ですか？」

緑の騎士団……ああ、カヤ嬢に話した合同訓練のことで、また何かとんでもない勘違いをしているのか。

　でもヴォヴォって誰だ。巨漢の緑の騎士団長とは名前が違う。

「うふふ、そうですわ。実はですね、キリンさんはこの前ヴォヴォ様に剣を捧げられ求婚をされたのですわ」

「んん!?　なぜそれを知っている!?」

　待て待て待て、あのことは誰にも言ってない。

　どうしてカヤ嬢に伝わっているのだ。

　あのロリコン、周りに言いふらしたのか。なんてことをしたのだ。今度会ったらねじ切る。

「ふふふふふ、カーリンから求婚を見たと、今日聞いたのです。確かな情報ですわ」

　カーリン。誰だ。……ああ、あのよく廊下を掃除している掃除担当の下女か。

　妙に影が薄く、私でも気配を察知するのが難しい下女だ。あまりに気配がなさすぎて、逆に名前を覚えてしまった。

　私の高性能な耳をもってしても、足音も呼吸音も聞き取れないので、存在が希薄という類の魔人なのではと疑っている。

「求婚を断ったと聞きましたけれど、その様子ではお付き合いを始めるようですね」

「まあ、まあまあ、キリンお姉様そういうことは、ちゃんと私に相談してくれませんと。今夜はデートの作法をみっちりですね」

「待て。待たんか二人とも。緑の騎士は剣も求婚もきっぱりと断った。あいつとはもう会うことすらないだろう」

私の言葉にククルがきょとんとした表情をする。

一方カヤ嬢は。

「まあ、恥ずかしがって。でも大丈夫、女に生まれた以上、誰もが通る道ですわ」

「いや、だからな……」

身体は女でも中身は元男だ。

というかもし前世が女だったとしてもロリコンは嫌だ。

「ああ、なんだ、またいつもの勘違いですの……」

私の隣でククルが呆れたようにそんなことを呟いた。

なるほど、どうやらカヤ嬢は思い込みの激しい性格であるようだ。薄々気づいてはいたが。

「で、お姉様、実際のところ明日どのようなご予定が？」

一人盛り上がるカヤ嬢を無視してククルが私に聞いてくる。

私もカヤ嬢を無視してククルの方に身体を向けた。

話をしている間に、私はすでに食事を終えていた。ククル達はまだ半分も食べていない。

私は話をするときに口を開く必要がないので、口にものを入れながら声を出すという芸当ができるのだ。音の魔法は喉の奥ではなく唇の先から出るように設定してある。

「ああ、そのことだが」

私は喉を潤すために、コップに注がれているワイン（のような味がするお酒）を飲みながら、クルに向けて言った。

「家に帰る」

侍女生活を始めて二週間、恥ずかしながら実家に帰らせていただきます。

10・私の休日

キリンは激怒した。必ず、かの邪知暴虐の食を除かなければならぬと決意した。キリンには栄養学がわからぬ。キリンは元冒険者である。斧を振るい、魔物と戦って暮らしてきた。けれども、食事の質に対しては、人一倍に敏感であった。

というわけで私は今日未明、王城を出発して野を越え山を越え、王都から離れた南西のバガルポカル領までやってきた。

全力でぶっ飛ばし、早馬（のような生き物）を使っても一日半かかる道を四時間ほどで走りきった。メロスなど敵ではない。

なぜ一日しかない休日を里帰りで潰しているのかというと、私は侍女の生活にとうとう我慢しきれなくなったのだ。

いや、正確に言うと侍女の食生活だ。別に侍女が嫌になったわけではない。

決まった時間に三食しっかりと出される食事。内容は貴族用の上等なもの。

だが私はそれに耐えられなくなった。ぶち切れた。

塩味が、足りない。

この国の貴族達は、薄味料理を高貴なものとして扱っているのだ。肉食なのに。

高級品である塩は、調味料としてほとんど使われていない。代わりにハーブやスパイスなどの香辛料を丁寧に取り入れている。

そして足りない塩分を補うために、侍女には塩飴が適量ただで支給される。

そんな貴族の料理に対して、庶民の料理は単純だ。

高級な塩は、とりあえず完成した料理に上から振りかける。そのやり方が、一番ロスがない。後は塩飴を買って舐める。

貴族料理と庶民料理、どちらが美味いかと言われると貴族料理だ。食材の質も料理人の質も全てが違う。

だが、毎日食べるとなると話は変わってくる。繊細な薄味続きに私は耐えられなくなった。

なので、里帰りだ。仕事を辞めたわけではない。今日中に王城には帰る。

見慣れた町の外れにある魔女の塔。そこに私は二週間ぶりに帰ってきた。

掃除の行き届いた王城にすっかり慣れた私は塔に入った途端、うわ汚い、と驚いたが掃除をしている暇はない。

塔を駆け上り、調理場へと入る。そして、そこに置かれている魔法の箱を開けた。

これは冒険の途中に手に入れた密閉性の高い箱に、魔女から受け継いだ最大の秘技である時止めの魔法を何重にも刻み込んだ、国宝級の魔法道具である。用途は冷蔵庫。この道具の誕生により、冒険の拠点としてこの塔の性能は何段階も跳ね上がった。

ちなみに私を不老たらしめている魔法は、時止めの魔法ではない。時を止めた人間は新陳代謝すら止めたアンデッドだ。

私は魔法の箱、冷蔵庫から食品を取り出していく。別に中は冷えていないが、一番近い日本語訳が冷蔵庫なので、冷蔵庫と呼んでいる。

塩漬け肉、野菜の漬け物、燻製、魚の酒粕漬け、チーズ（のような発酵食品）、梅酒（のような物）。

冒険の友である保存食達だ。『庭師』は未踏の地や過去の遺跡を何週間も、時には何ヶ月もかけて冒険する。

保存食には、高級品である塩も保存料としてふんだんに使われている。『庭師』は金回りが良いので、高いものでもそれが仕事に必要なものなら惜しみなく買いあさるのだ。

そして保存食のほとんどは、味が濃い。

私はこれを取りに来るため、わざわざ塔にまで戻ってきたのだ。

冷蔵庫から保存食を取り出しながら、細かく刻まれた魚の干物を一つ口に含む。

うむ、美味い。塩が利いている。魚の凝縮されたうま味もしっかりと感じる。

一通りの保存食を取り出し満足すると、次は冷蔵庫の中から調味料を探す。

料理は覚えている。そもそも料理ができないと野営ができない。この塔は私の冒険の拠点だったので普段の食事を作るための調味料はそろっているし、冒険のときに持っていくための小分けにパッキングした調味料もある。

私は料理人ではない。農村の生まれでもない。

この世界で前世の調味料を再現することはできない。もう醤油や味噌の味を楽しむことができない。

しかし世界は広いもので、塩を使った独自の調味料が細々と作られている集落があったり、塩を使った保存食を名産としている町があったりする。

世界を巡る途中に見つけた珍しい数々の品は、塔に持ち帰って保存している。

今までは時止めの魔法で保存するだけ保存して満足し放置していたが、王城付き侍女になり塔にはいつでも一両日中に戻れるようになったので、それらを使うことがこれからは増えていくだろう。

容器に詰めた調味料の数々を見て、うむと私は頷いた。

食堂の食事の味が不満なときはこれをぶっかけることにしよう。

そして、王城から持ってきた鞄に、これらの保存食と調味料を詰めていく。ああ、あとお酒も持っていこう。


「もう帰ってきたのですか。解雇されたのですね」

うひぃ！

突然背後から聞こえてきた声に、私は飛び上がった。

心臓がばくばくと跳ねる。完全に不意をついた一声だった。

私は後ろへと振り向く。

誰もいない。

気配もない。

「くくく、そんなにびっくりしなくてもいいでしょうに」

虚空から届く声。

その正体に思い至り、私は床に視線を向けた。

地脈の力を汲み取って光を出す、魔法の永久灯に照らされた私の影が伸びている。

「出てこい」

「わかりました」

私が影に向けて呼びかけると、影はこんもりと天井に向けて高くふくれあがり、やがてするすると織物が糸にほどけるように影が散った。

散った影の代わりに現れたのは、魔女のローブを着た一人の少年。男とも女とも判別がつかない不思議な容貌をしている。実際にこれは男でも女でもない。魔女の塔に住む住人の一人だ。

「驚かすな」

私はその住人に向けて文句を言った。言っても無駄ではあるのだが。

「このくらいで驚かないようにしなさい」

その返答に、私は言い返す気も起きずため息をついた。

目の前にいるこれは塔を管理する魔法人形だ。ファンタジー風に言うとウッドゴーレムだ。ゴーレムと言ってもｅｍｅｔｈの文字が刻まれた従順な使い魔などではない。私が作ったゴーレムではないので、私の言うことなど聞かない。

これは、塔の前の持ち主である魔女が死んだその日に、急に塔の中で活動を始めたゴーレムである。

作成者はおそらく魔女。

私でも解析しきれない高度な魔法を何重にもかけて作られた、最高級のゴーレムだ。

人との会話も可能。

だが、知性があるわけではない。決められた入力に決められた出力を返す、そんなゴーレムとしての基本機能が極めて高度なだけである。

おはようと言えば、おはようと返す。物を運んでと言えば、物を運んでくれる。

そんな行動パターンを膨大な量内包することで、あたかも「会話が成り立っているように錯覚してしまう」仮初めのトップダウン設計の人工知能が組み込まれている。

魔女が何のためにこのゴーレムを作ったのかは知らない。そもそも作っている様子を見せたこともない。

ただ、私の知らない魔女の魔法知識を会話の中で私に披露するので、何となくこのゴーレムの存在理由を予想できている。

おそらくこのゴーレムは、魔女の後継者を育てるための教師的な存在なのではないだろうか。

私が魔女に引き取られたのは魔女が死ぬ三年前。三年は後継者を育てるにはあまりにも短い時間だ。

魔女は、自分の死ぬ時期を最初から知っていた素振りを見せていた。私が弟子になる以前から、自分が死んだ後に自分の後継者を作り出す準備をしていたのではないだろうか。

「二週間で解雇ですか。もはや魔女になるしかないですね」

何より、このゴーレムの会話パターンは魔女本人に似通っている。というかそっくりだ。

自分の好きなように生きなさいと言うくせに、私を魔女にしようとするその態度があの魔女そのものだ。

なので、私はこのゴーレムが苦手だ。

「解雇されてない。今日は休日だ」

「はあ。仕事先は王城でしたね。新人のくせに連休を取ったのですか？」

「休みは今日だけ。走って帰ってきた」

「ああ、あなた馬鹿なのですね。ばーか」

ああ超むかつく。いっそぶっ壊してしまいたいが、魔女の魔法を全て内包しているうえに、世界樹の枝で作られているこのウッドゴーレムは、私よりはるかに強いのでどうしようもない。

もうこのゴーレムが魔女になればいいんじゃないかな。

「忘れた荷物を取りに来ただけだ。すぐに王城に戻る」

「忘れた荷物がご飯ですか。食い意地を張るのは、やめなさいとあれほど言ったでしょう」

「言われたのはあんたにではなく魔女にだよ……」

相手をしていると疲れて仕方がないので、荷物をまとめる作業に戻る。

あくまで決められた入力に決められた出力を返すだけの存在なので、こちらからアプローチしなければ何もしてこない。

まあ、もっともこれの前で私が動くだけで、入力とみなされるのだが。

よし、食料と調味料は終わり。後は、侍女の生活をしていて必要と感じたものをいくつか見繕っていくとしよう。

冷蔵庫を閉じて、調理場を出る。

塔を登って私の私室に向かう。その後ろをゴーレムは無言でついてくる。何でついてくるかなあ！

「そうだ、塔の中結構汚れているぞ。ちゃんと掃除したまえ」

「掃除ができるような住人は今ここに住んでいませんよ」

「あんたがいるだろう……」

「どうして私が掃除をしなければいけないのですか。掃除は弟子の仕事です」

「本当に魔女そっくりだな、あんた！」

塔の管理ゴーレムなのだから管理して欲しい。

そんな無駄な思いを抱きながら、私は私室の扉を開いた。

魔女の弟子時代から使っている部屋。塔の主は今や私だが、この部屋にすっかり慣れてしまっているので、他の部屋を私生活空間にすることは少ない。

部屋の壁には、『庭師』時代の武器の数々が飾ってある。父の形見である不壊の大剣も、最も愛用していた戦斧もその中にある。

そして私の幼女の身体に合わせ特注した魔法の鎧が、部屋の隅で一際強いオーラを出して存在を主張していた。これ一つで侍女の宿舎が丸ごと一つ買い取れる価値がある。

武器も鎧も無造作に置いてあるので簡単に盗まれそうだが、無敵のゴーレムが塔を管理しているのでその心配はないだろう。その点だけは本当に留守を任せるのに役に立つゴーレムだ。

私は武具から目を離し、生活用品が入っている棚へと向かう。

棚を開け、必要そうなものを適当に見繕っておく。魔法装飾用の裁縫道具、魔法のハンカチ、トレーディングカード、髪飾り、香油、ブラシ、手鏡、カヤ嬢へのお土産になりそうな希少本。

侍女になるために王城へ行く前にもこの塔に立ち寄ったのだが、ここから物を持ち出すことはなかった。王城へ持ち込んだ荷物は、これがあれば侍女生活に困らないと侯爵夫人が用意してくれたもの。その言葉を信用していたので、私物は持っていかなかった。

実際、侍女の二週間の生活で不足したものは塩味以外にない。ただまあ、より豊かな生活を過ごすために私物を追加することは悪くないだろう。

「とうとうお洒落《しゃれ》に目覚めましたか」

勝手に私の部屋に入ってきていたゴーレムが、私の用意した品を見てそんなことを言った。

本当に我が物顔だ。プライベート空間くらい作らせてくれ。

「侍女の仕事柄、身だしなみを整えねばならないからな」

私が用意したのは、ほとんどが装飾品や身だしなみを整えるための道具だ。

旅先から持ち帰り、棚の中にしまってからは一度も取り出したことがないものばかり。唯一の例外が髪の手入れ道具だ。

「そうですか。あなたもそんな歳に……」

感慨深げにゴーレムが顔に手を当てた。

決められた出力をするだけの木偶《でく》で感情はないはずなのに、仕草が細かい。魔女本気で作り込みすぎ。

と、ゴーレムが顔に当てていた手を離し、唐突に前方へと腕を突き出した。

ゴーレムの足元の影が立ち上がる。そして影はぐねぐねとうごめきながらゴーレムの手の中に吸い込まれていく。

影は手の平にすっぽりと収まる大きさになり、そしてゆっくりと色を持ち始める。

ゴーレムが爪先を床に軽く打ち付ける。すると、ゴーレムの足元から消えていた影が再び出現する。一方、手の中にはガラスの瓶が握られていた。瓶の中には青い錠剤が入っている。

「餞別です。持っていきなさい」

そう言ってゴーレムは私に瓶を放ってきた。

それを私は片手でキャッチ。受け取った瓶の中を覗き込む。

青い錠剤。魔法の力は感じられない。見覚えのない薬だ。

「これは?」

「避妊薬です。お洒落を気にするようになったからには必要でしょう」

「まだ初潮すらきとらんわ!」

というか歳が止まっているから、永久に避妊が必要な時期はこない。そもそも避妊が必要な状況になることもない。

私は魔女に行動がそっくりすぎるゴーレムに向かって、ガラスの瓶をぶん投げた。

◆◇◆◇◆

王城への道を行く半ばで、私は前世で読んだ『走れメロス』を思い出した。

王城と故郷の村を数日で往復する話だ。

王城に身代わりの友人を置いて村に走り、妹の結婚式を見てから王城に舞い戻る。

この話、行きはよいが帰りが怖い。豪雨で氾濫した川が道をふさぎ、それを越えた先で山賊に襲われ、全裸になって王城へと戻る。

幸い天候は良い。そもそも、魔法的な災害が起きなければこの世界では豪雨など起きない。

ただまあ、仮に氾濫した川があっても飛び越えられるし、山賊に身をやつす程度の人間ならば脅威でもない。全裸については服を脱ぐ理由がそもそも思いつかない。メロスもなんで全裸になったのだったか。

なぜそんな遠い昔に読んだ物語を思い出しているのかというと、大勢の山賊が出た。

山賊は脅威ではない。

ただ問題が、山賊に襲われているのは私ではなく、一台の馬車であるということだ。

三頭立ての巨大な馬車を引く馬（のような生き物）は三頭とも矢で射られ息絶えており、馬車は横転している。

その馬車の周りをぐるりと数十人の山賊の集団が囲んでおり、倒れた馬車の横には血を流し倒れる御者と、山賊に剣を向けて対峙している五人の剣士と、座り込み震えている貴族の娘らしき少女がいた。

そんな現場にニトロモードで走る私が辿り着いてしまった。

うむ、わかる。すごくわかる。

今この国は国王が代わったばかりで不安定で、さらにこの世界は魔王の出現で魔物が凶暴になっている。本来ならば国民の中でも裕福な生活を送れる農民が、そんな情勢の影響で山賊に身をやつす事態が起きているのだと聞く。山賊を狩るのは青の騎士団率いる国軍と、それぞれの領地の領軍だ。

ここは王族領と貴族領の境目辺り。監視の目が緩いスポットなのだろう。そんな場所に不幸にも貴族の馬車が通りかかったわけだ。

わかる。すごくわかる。このパターンは私が貴族の娘を助けて認められ、貴族への縁を作るパターンだ。

私は今も『庭師』の免許を持つ立場なので、こういう場面に遭遇しやすい。

『庭師』は世界から悪意を払う存在であり、世界はそんな『庭師』達が悪意に遭遇できるよう運命を操る。

悪漢に襲われる運命の娘を助ける話は、この世界の英雄譚では必ずと言って良いほど登場する。

だからこの状況もわかるが、今の私は『庭師』じゃなくて侍女だ。こういうのはごめんこうむる。

それにあれだ、門限に間に合わないと大変だ。メロスのように友人が処刑されるということはないが、私が友人に大目玉を食う。

なので、とりあえず、荷物を背負ったまま私は現場に走り、馬車を囲む山賊達の膝を砕いていく。殺しはしない。悪人を悪人のまま殺せば、世界に悪人の魂が送られて魔物出現の遠因となる。とりあえず山賊稼業が二度とできなくなる程度に人体を順番に破壊していく。一応、魔法も封じる。

よし、次。

倒れている御者。矢を腹に受けているようで、血を流し顔面が蒼白になっている。

矢を抜いて、治癒の魔法をかけ傷を塞ぐ。

荷物から酒を取り出し、魔法をかけて魔法薬に変換し、御者の口に酒瓶をつっこむ。

無理矢理薬を飲ませて完了だ。

よし、次。馬っぽい生き物。死んでる。無理。

馬車。倒れているのをおこす。車輪が壊れている。だが乗る部分が損壊しているわけではない。

馬車の中に御者を寝かし、ついでに呆然としている娘と剣士達を馬車の中につっこむ。

そして私は馬車の下に潜り込むと、馬車の底に指をくいこませて持ち上げた。しかし大きな馬車だ。三頭立てとは。しかも死んでいる馬は荷運び用の大きな体軀の品種だ。

馬車を持ち上げたまま、私は走る。馬車と人間七人程度、負荷でもなんでもない。全力疾走で数十分。王族領の最寄りの町に辿り着いた。

そして、私は何度か来たことのあるこの町の生活扶助組合へと走り、建物の前に馬車を置き、そのまま王城の方角へと再び走り出した。

メロス。君の気持ちはよくわかる。

人一倍邪悪に対し敏感な正義感あふれる君でも、友人の待つ王城に帰るときは山賊に遭っても殴り倒すだけで、捕まえて役人を呼ぶといった行動は取らなかった。

忙しいときは正義が最後まで遂行されなくても仕方ないのだ。あ、倒れた山賊、魔物に食われたら大変だな。まあいいか、悪人を食べて強くなった魔物を倒すのは現役の『庭師』達のお仕事だ。

私はしがない侍女見習いである。

◆◇◆◇◆

刻限ぎりぎりに全裸で王城に戻ったメロスは、身代わりとしていた友人と友情をさらに深め、その姿を見た悪の王を改心させた。

門限前に王城へと辿り着いた私は、全裸ではなかった。当然だ。全裸だったら王城どころか人前にすら出られない。

そしてこの王城に住む若い国王は悪人ではない。良いやつだ。悪政を敷いているという話も聞かない。

私は……メロスになれない……。

などと走り続けたせいで変なテンションになっていた私は、風呂と食事を済ませた後、せめて友人と親睦を深めるために、カヤ嬢と私の二人部屋にククルを招いて酒盛りをすることにした。

塔から持ち込んだ梅酒（正確にはケーリという木の実を梅酒の手順で私が漬けた物）で乾杯をし、保存食をつまみとする。

この国の国法で定められた飲酒可能年齢は、十二歳。ククルが十四歳、カヤ嬢が十五歳なので酒盛りをしても問題ない。

ただ、子供の飲酒は大人が見守るべしという風習がある。この場にはアラサーの私がいるので問題ない。身体は十歳だが。

この世界は成り立ち上、水の質が良いため中世ヨーロッパのように子供が水代わりにビールをがばがば飲むみたいな文化はない。

くぴりとカヤ嬢が梅酒を一口飲んだ。

「あら、初めて飲む味ですわ」

続けてククルも梅酒を飲む。

「本当。強いのにすごく甘くて……何の果実酒ですか、キリンお姉様」

私はごくごくとコップの酒を飲みながら、音の魔法で言葉を返した。

「ケーリの実と同量の砂糖を向日葵麦の蒸留酒に漬け込んで二年寝かせたものだ」

「ケーリの実ですか。ジャムに使うあれですわよね」

「ああ。ほれ」

私は梅酒の瓶をどんと彼女達の前に見せた。高価なガラス瓶の中には桃色の液体と、色の抜けた桃のような果実が入っている。

「ケーリの実はバガルポカル領で名産としている村があってな。漬け込みは私の自家製だ。毎年実家の塔で作っている」

「お姉様は酒豪ですからねぇ。こんな小さな子ですのに」

酒豪と言うよりはあれだ。魔人の身体がアルコールを毒素として分解してしまうので、無理矢理魔法で内臓機能を下げて、飲みたい量だけ飲んで酔うようにしているのだ。

魔人としての力は怪力だけなのに、それを成り立たせるための土台である身体があまりにも高性能すぎる。

正直不老にならなくても、なかなか老いない身体だったのではないかと最近は思っている。

私の老後は、一体何歳からカウントすれば良いのだろうか。

「さて、こちらがつまみだな。世界各国の保存食だ。『庭師』時代によく食べていてな。酒によく合う」

塔から持ち込んだ保存食のうち、比較的日持ちしそうにないものを広げる。

ククル達はそれに手を伸ばし、これは何かと聞いて私は材料と製法を説明した。

そしてカヤ嬢は遠いシーミ諸国で作られた魚の干物を選び、口に運んだ。

「んん……」

かみ切れずにぷるぷると震えるカヤ嬢。可愛い。

魚の干物は固いので、アゴの弱い貴族の子女には辛い物だろう。

「やっと噛めましたわ、わ、しょっぱいですわ！　しょっぱいですわ！」

慣れぬ強い塩味に口を開けて騒ぐカヤ嬢。

「そういうときは酒を飲むのだ。そうすれば酒がより美味く感じる」

「ん……」

ぐいぐいと梅酒をあおるカヤ嬢。結構高い度数なのだが、甘くて抵抗が少ないのだろう。飲み過ぎないようちゃんと見ておかないと危ないな。

「ふわ……ああ、このお酒美味しいですわねぇ」

ほう、と息をつくカヤ嬢。その横では、ククルがチーズを興味深げに眺めていた。

チーズが生産されている国とこの国は枝がだいぶ離れている。名前すら知らないだろう。

溶けたチーズをたっぷりのせたパンは至高の味だが、それだけのチーズをここに持ち込むには大陸間移動を許可された行商人を頼る必要があるだろう。

ククルはチーズに鼻を近づけ、ひすひすと臭いを嗅ぐ。そして渋い顔をした。

「ククル、臭いは強いが味の臭みはさほど強いものではない。食べても大丈夫だ」

「はあ……」

「食べないなら私がいただきますわよ」

「わ！」

ククルの指先にぱくりと食らいつくカヤ嬢。

うむ。この娘、すでに酔っている。

「あら、これは濃厚で口の中に美味しさが広がってきますわ」

「本当？　じゃあ私もいただきます」

仲むつまじげにチーズを食べ、梅酒をちびりちびりと飲む二人。

そんな二人の様子を肴に私はがばがばと酒をあけていく。ちなみに私が飲んでいるのは梅酒ではなく、梅酒を漬けるのに使っている向日葵麦の蒸留酒だ。麦焼酎に近い。

「そうそう、夕食の後にカーリンから聞いたのですけど」

魚の干物に再挑戦しながら、カヤ嬢が話題を振ってくる。

……んん!?　侍女の宿舎の夕食が終わった後になぜ下女のカーリンと話をしている？

「今日、後宮に新しいお方がいらっしゃる話は知っていますわね？」

「ええ、後宮担当の子が今日は休めないと、なげいていましたわ」

後宮か。あの王子……現国王も大変だな。

好きでもない女を何人も抱えて子を産ませなければならないなど。

王権神授とはいうが、この国で一番自由がないのは王であるあやつではないだろうか。

「それが、夜になっても到着していないのですって。すぐ隣の公爵家の方ですから、そう遅れることはないはずなのに、とカーリンが」

「南の公爵ですわね。複雑なお家の事情があるらしいですが……」

「ええ、ええそうなのですよ、ククルさん！　エカット公爵家の一人娘は今の公爵夫人にとって前妻の子！　きっと、うとんだ夫人が後宮に押しつけたのですわ！　まあ、まあまあまあどうしましょう！　どうなってしまったのでしょう！」

………。

うん、わかっている。

私もこれで十九年といくらか『庭師』をやっていた。さすがにわかる。

あの山賊に襲われていたのが公爵の子なのだろう。そしてきっと王城で私の前に現れるのだろう。

そういうのよーくわかる。

でも今の私はただの侍女。会っても気づかれないようにしよう。

「ほら、ククル。これはどうだ。ミシシ村で取れた菜っ葉の塩漬けだ」

「まあ、ミシシ村ですか！」

話をそらすため、ククルにバガルポカル領の特産品を使った漬け物を差し出す。

カヤ嬢は……飲み過ぎないよう、注意だけしておこう。

「ん、塩っ辛いですけど瑞々しいです。でも塩っ辛いです」

「向日葵麦をそのままふっくらと炊いた麦飯と一緒に食べると美味い。まあさすがにそこまでは用意できないから酒の肴だな」

　私も漬け物をぽりぽりと食べる。

　白菜に似た肉厚の菜っ葉に塩がしみていて美味である。酒がよくすすむ。

「しかし、キリンお姉様本当に食事のためだけに塔に戻ったのですね……」

　呆れたようにククルが言う。その横では話にかまってもらえず飽いたカヤ嬢が、ククルに向かってしなだれかかっていた。

「む、いや、これだけ持ってきたわけではないぞ。生活用品もしっかり持ってきた」

「ククルさん、ククルさんこれ見てくださいな」

　む？

　ククルに抱きついていたはずのカヤ嬢の声が、なぜか背後から聞こえる。

　後ろを振り向いてみると、酔っぱらったカヤ嬢が私の冒険家鞄を開いて、中を覗き込んでいた。

　酒癖悪いな、カヤ嬢……。ちょっと青の騎士の未来が心配になった。

「ほら、これ！」

「どうしたのですか」

　やれやれといった感じでククルがカヤ嬢のもとへと向かう。

　そして鞄を開くカヤ嬢の手元を覗き込み。

「……まあ！」

ぱあっと笑顔になった。

うん？　彼女達が喜ぶようなものを持ってきたか？

トレーディングカードはカードケースに入っているから中のヒーローカードは見えないはずだし。

「キリンお姉様、私感激です……」

「どうしたというのだ……」

わけがわからず私も冒険鞄のところへ向かう。

すると。

「ほら！」

「ほら！」

カヤ嬢とククルが同時に鞄の中から手を出す。

手に摑まれていたのは、棚から適当に持ってきた装飾品だ。

「それがどうかしたのか」

「まあ、まあまあまあ、キリンさんようやくわかってくれましたのね！」

「……何がだ」

キャッキャと騒ぐ二人は何が琴線に触れたのか、嬉しげだ。

「キリンさんも口では否定していますけど、女の子らしい格好をしたいのですね！」

「お姉様！　明日から特訓ですよ！」

「……うむ」

私は身だしなみに気をつけようと思っただけなのだが、どうやら二人の中ではそれは一大事件のようだった。

侍女の仕事内容を知った今では、そういうことに気をつけるのは当然のことだと思っているのだが。どうも二人は侍女になりたて数日の頃の私の態度が未だに印象深いらしい。あの頃は侍女の制服を着るだけで恥ずかしく、自分を着飾るのを嫌がっていたものだ。

しかしだ。これでも私は、柔軟に己の立ち位置を考えなければ生きてこられなかった『庭師』の世界に、十何年も浸っていたのだ。あの世界はただ脳筋なだけでは生きていけない。臨機応変に動いて、環境に慣れるのは得意だ。

「わ、わわわわわわわ！　ククルさん！　大変です！」

「うわ！　どうしたのカヤ」

鞄を未だに漁っていたカヤ嬢が、急に叫びだした。

今度はなんだ。

「これ！」

カヤ嬢が鞄から手を出し、上に掲げる。

手に握られていたのはガラス瓶。

「……薬？　それがどうかしたのですか？」

なん、だと……。

「大変、大変ですわ！　もう、もうどうしましょう」

「カヤ、カヤ、落ち着いて」

「落ち着いていられません。ククルさん、これは避妊薬ですのよ！」

「えっ！」

ばっと私の方を振り向くククル。

……あのクソゴーレム、いつの間に入れおったのだ。投げつけずに破壊しておけばよかったか。

「キリンお姉様！　どういうことですか！　まさか、まさかそんなご予定が！」

「ええい、落ち着け。私が持ち込んだわけではない」

「私という妹がありながら！」

「んん!?　もしかしてククルも酔っているな!?」

がばりと私に抱きついてくるククル。

そんな様子を「まあ」といった顔で眺めているカヤ嬢。

「お姉様をお嫁にやるなんて、口惜しいです」

まるで子供時代のようにぎゅーっと身体を抱きしめてくるククル。

私は、ひどく赤面した。

11・私の好悪

「私には嫌いな色があります」

そんな言葉を私は切り出した。

「ほう、それは？」

「緑です」

緑。

四年前の記憶。最も若い枝の大陸から生まれ出た、災厄の悪竜の色だ。

この世界に竜は二種類存在する。

強い魔力溜まりの地で生まれた動物が変質し、新たに生まれ変わる生物としての竜。

もう一つは、世界樹の中に流れる『世界要素』のうち、悪意が地表に噴き出し形を取った魔物としての竜だ。

この世界に生きる全ての生命は、死後魂を世界樹に取り込まれる。

魂に宿るその生命が生きてきた記録を世界樹は、要素ごとに分解し蓄える。その中で悪意に相当するものを世界樹は、枝葉から排泄物として放出する。噴き出た悪意は、分解された魂の記録を元に生物に似た形を取る。これが魔物である。

『庭師』はこの魔物を浄化の魔法や浄化の武器で倒し、悪意を無垢な魂に変換して世界に返す。世界の園丁である『庭師』の名前の由来だ。

世界から一度に噴き出す悪意の量が多い場合、悪意はその量に見合った強力な生物の姿を模そうとする。その最たる者が竜である。

悪意とは、人の価値観からみた「悪」である。

この世界は『大地神話』の終末で、太古の人々が急ごしらえで作り上げたもの。滅んだ惑星の代わりに魂の管理をする機能を付けたとき、悪の魂を不要なものとして排出する機構を後先考えずに取り付けたのだ。

世界樹は常に成長を続けており、悪意を排出する機構もいびつになり定期的かつ均等な滞りのない排出ができないようになっている。

そんな悪意が世界樹の中で溜まりに溜まり、数十年に一度膨大な量となって噴き出すことを人々は災厄と呼ぶ。

悪竜、巨大魚、獣王、魔王、暴食大樹。そんな災厄が歴史上に何度も登場した。

世界の中枢である『幹』の認定を受けた数少ない『庭師』の一人であった私は、その災厄に挑んだ。

面と向かって対峙したわけではない。私達はあくまで悪竜に引き寄せられた無数の魔物を倒し、『幹』が対災厄用に作り出した『勇者』を災厄の悪竜のもとへと送り届ける役割を任されていただけだ。

だが、私は悪竜の姿を見た。木の葉の鱗《うろこ》を全身にまとった、緑色の悪意の塊。

その姿形、咆哮、気配、魔力に、私はとてつもない恐怖と吐き気に見舞われた。

「そのときの悪竜の姿がトラウマになっているのです。ですので、緑は嫌いです」

あんなものに正面から立ち向かい、そして浄化したというのだから勇者とその仲間達はとんでもない人間だ。

「では、緑の騎士団を辞めれば私の愛を受け入れてくれると？」

「それはないです」

私の前に立っているのは緑の騎士団の団員。士官を証明する高等な鎧を着た騎士だ。

名前はヴォヴォ。正直こんなロリコンの名前など覚えたくはないのだが、王城勤務でもないのに偶然を装って仕事中の私の前に姿を現すので、嫌でも名前を覚えさせられる事態になっていた。

言うなれば、彼はロリコンでストーカーだ。

「セト姫の好きな色はどれだろうか？」

「それをお教えする理由はございません」

彼は気がついたら私のことをセト姫と呼ぶようになっていた。

セトとは私の出身部族名。どこから聞きつけたのか、彼は私が少数民族の姫として生まれたことを知っていた。

そして彼は言ったのだ、「姫ならば私が騎士として剣を捧げるのは当然のこと」と。知らんがな。私の部族にそんな風習はないし、そもそも王国所属の騎士が、はるか遠い遊牧民の姫に忠誠を誓うなと言いたい。言った。

ちなみに私のフルネームはキリン・セト・ウィーワチッタ。ウィーワチッタは魔女から受け継いだ魔女の秘技と首飾りを持つ者の名。キリンは母が名付けたという私だけの名だ。

この世界には、動物園にいたキリンも、ビールのラベルに描かれていたキリンも存在しない。なのに、私の髪は動物のキリンの体毛のように、金と茶が入り交じった不思議なまだらの色をしている。

ああ、冷えたビールが飲みたい。この世界には小麦と大麦が存在しないので、完璧に再現されたものはもう飲めないが。

「しかし、緑はお嫌いか……」

「どうでもいい人物の評価は、おおむね会った直後の第一印象で決まります。今更他の色に変えてもその評価は変わりません」

青の騎士になっても赤の魔法師になっても、お前は私の中ではずっとその他の緑の騎士Lだ。L

はロリコンのL。

「ああ、あとロリコンなのはかなり引きますね」

「ロリコンとはなにかね？」

「幼児性愛者のことを指す異国の言葉です」

私の言葉に、騎士Lは顔をしかめる。

「私は断じてそのような者ではありません！　私が愛してやまないのはあくまでも強く尊いセト姫だけであります！」

ロリコンはみんなそう言うんだ。

「ちなみに私はおそらく百数十年を経てもこの幼い姿のままですが、それについてどう思いますか」

「その美貌が永遠のものであるのは、まさしく世界の宝と言えるでしょう。そしてそのお姿を人の悪意から守るために、私を守護騎士として従えていただきたい」

うん、重症だ。

「私より弱い人はちょっと……」

問答無用で彼を引き下がらせる文句をここでぶつけた。

騎士Lの若く整った顔が悲愴なものへと変わる。

そこらの侍女相手だとこの表情に「ああ、この人もこんな哀しい顔をするのね。守って欲しいけど守ってあげたい。キュン！」となるのかもしれないが、私には何の影響力ももたらさない。

私をキュンとさせたいのなら、この世界に存在しない猫に生まれ変わってくると良い。

「……災厄の悪竜を打倒した勇者のように武人として強くなれば、あなたに認めて貰えるだろうか」

「勇者様は、世界の真実に絶望して今では災厄の魔王になっていますけれどね。まあ私から言えるのは、強くなりたいなら気功術を特に学べばよいかと」

勇者を成長させるための旅は、全て『幹』の勇者育成課によって管理されていた。

勇者が旅の途中に救ったつもりの人々も、旅を続ける勇者の身では目先の問題を解決するのみで、最後まで面倒は見切れず問題が後から浮上しまくって、私はそんな勇者の尻ぬぐい——アフターケアを『庭師』の依頼でこなして小金を稼いでいた。

勇者の旅の仲間でその事情に気づいていたのは、道具協会の協会員である最強の荷物持ちの道具使いだけだ。道具協会というのは『幹』が世界の文明レベル管理のために作った世界組織だ。

道具使いというとしょぼそうだが、太古から現代に至るまでのあらゆる魔法道具を使いこなすスーパー少女。私では絶対に勝てない人間の一人である。

彼女は勇者とは一歩引いた立ち位置の関係を築いていたので、自分が道化だったと絶望して闇堕ちした勇者とは無関係らしい。

「勇者よりも武と心、魂ともに強くなれば、男として認めます」

尊敬できる男としてだけどな！

勇者は真実に耐えられない心の弱さもアレだったが、何よりも善の塊であった膨大な魂が悪に反転して、生きた人間でありながら悪意の塊となったという、長い勇者史にも例のない魂の不安定さが非常にアレな結末だった。

世界から悪意が噴き出していないのに災厄の魔王になるというのは、いくらなんでも規格外すぎである。

騎士Lも、ロリコン魂で強さを追い求めるのもいいが、いやよくないが、そのロリコン魂が性的な犯罪行為といった悪意に傾かないことを切に願う。王城には私以外にも幼女はいっぱいいるのだから。

◆◇◆◇◆

緑の騎士Lが去った人気《ひとけ》のない使用人の仕事区画。

そこで私は周囲にさっと意識を向けた。そして見つけた。

「カーリン」

「はいぃ!?」

私が虚空に声をかけると、何も無いところから驚きの声があがり、そしてすうっと人影が浮かび上がってきた。

現れたのはエプロンドレスに身をつつんだ下女の少女。いまいち記憶に残りにくい顔の作りをした十二、三歳ほどの少女だ。

幽霊下女、ポルターガイストの主、怪談一人足りないの元凶、忍者よりも忍者している一般下女、と散々な言われようをしてそれでも皆から忘れ去られる空気の魔人（のような謎の生物）である。

「気づいていらしたのですか」

「慣れてきた」

下女は侍女にとって部下なので敬語は使わないことにしている。

「はあ、慣れですかー。ちょっと本気で消えてたつもりなのですが」

「存在が消えて目で認識ができなくとも、そこに人として立っている以上生まれる、人一人分の物理的な空気の流れは誤魔化せない。いると予想して探ればなんとか気づける」

「そうですか。努力してもっと完璧に消えられるようにします！」

「むしろカーリンは、存在感を増して他の下女達に存在を認めてもらうよう頑張りたまえ……」

職場に友人がいるのか心配でならない。

ああ、私は友人のつもりだし、カヤ嬢も彼女とは交流を持っているようだが。

「そもそもどう努力すればこんな幻の状態になれるんだ。気配が薄いのではなく存在が薄いぞ君は」

今も気を緩めると視界から見失ってしまいそうだ。

「えーと、私なんてどうせ誰にも必要とされてないいらない子なんだ……って思ったときに見えなくなるらしいです」

「んん!?　それその方向で努力したら駄目だぞ!」

極めたら本当にこの世界から消えてなくなりそうだぞ、この子は。

もしくは心の病にかかって、自殺でもしそうな勢いだ。

うん、やっぱりこの子とはちゃんと友人になろう。将来が心配だ。

「ところで、緑の騎士が私の前にこうも姿を現せるのが不思議でならないんだが、もしや君が関わっていたりするのかい」

ちょっとした疑問だ。最初の求婚の現場にも彼女がいたというし、今もただでさえ薄い気配を自ら押し殺していたというのだ。

「あ、う、その……」

「いや、怒っているわけではないよ。私より彼の方が地位が高いから、私の心情より彼の立場を優先すべきだ」

「そうじゃなくてですね、そのー。言っていいのかな……」

なにやらもじもじとしだすカーリン。

なんだ。気になるではないか。

「無理に言わなくてもいいが、気になるな」

「その、ですね、私、ヴォヴォ様のことをですね、……お慕いしているんです。なので、お役に立ちたいなと」

……んん!?

「待て。それなのになぜ私へ恥ずかしいほど愛を振りまく彼の行為を手助けしているのだ。私は恋敵ではないか」

「うん、その、私みたいな下女なんかに目を向けてくれることはないので、ただその助けができればですね、満足なんです」

うむう。

なんだこれは。三角関係？　カヤ嬢が聞いたら飛び上がって喜びそうな状況だぞ。

カヤ嬢の耳に入ったらどんな面倒なことになるか。

いや、カヤ嬢なら事態を正確に把握さえすればカーリンのためにかけずり回って、彼女の恋を実らせてしまいそうだ。

そうなれば私はあの騎士Lに付きまとわれることもなくなることになる。

カーリンは十二歳ほどの少女。恋愛をするには問題のない年……齢……？

うむん。前世的には十二歳に手を出す青年はロリコンだが、この国の常識的には……ギリギリセーフ？

何よりカーリンが緑の騎士Lを慕っているのが大きい要素だ。友人として応援したい純粋な気持ちもある。

カーリンのことは友人として好ましく思っている。なぜなら第一印象がよかったからだ。

人を見た目で判断するなとはよく言われる言葉だが、私は第一印象と直感をそれなりに信用する。

人をじっくりと観察して、善悪や敵味方を見抜く気長な生活を前職では送っていなかった。

この子を初めて見つけたときの私の印象。

そう、今にも世界から消えてなくなりそうな儚い姿の中、私はある色に目を奪われた。

「ああ、そうだ。話を聞いていたならせっかくだから私の好きな色を教えよう」

「はあ」

私は少し離れた場所で、風景に今にも溶け込みそうな様子で佇むカーリンに近づいていく。

「エメラルドグリーンだ」

私は背伸びをしてカーリンの頭に手を伸ばし、その美しいエメラルドグリーンの髪の一房を軽く持ち上げた。

うむ、美しい色だ。まさにエメラルド。この世界にはエメラルドがある。

「綺麗な髪だ。貴族の子達にも全く見劣りをしない宝石だ」

「え、ええ!?」

私に髪を褒められたカーリンがわずかに頬を染める。

これで私が男だったら最悪のナンパ野郎だが、私は幼女。髪を褒めるのは女子間でよくあるコミュニケーションの一つだ。

うむ、下女なのにククルの黒髪に負けないサラサラとした美しく輝く良い髪だ。王城で働く以上、民間出身の下級女官も身だしなみをきちんと整えているのだろう。

この綺麗な髪を結ってみたい。手入れをしてみたい。彼女は魔力が希薄だというのに、髪からは神聖なオーラが感じられる。この場合のオーラとはびびっと肌に感じる類のものでなく、私の心に浮かび上がってくるものだ。

「……一応言っておくが、私はレズビアンではないぞ」

「レズビアン？　なんですかそれ？」

「女性の同性愛者のことを指す異国の言葉だ」

私の言葉に、ついには赤面するカーリン。

初心《うぶ》な子だ。

こんな子だから、自らは身を引いて好きな男を他の女のもとに連れていくようなことをしでかしてしまうのだろう。

だが私の平穏のために、彼女には騎士Ｌへの生け贄になっていただきたい。同性愛者に対してこれといった偏見はないつもりだが、私自身は同性愛者ではない。つまり、男精神の私は男騎士と恋愛するつもりはないのだ。まあ女性とも恋愛する気はないが。

「ただ、私は君のことを得難い友人だと思っているよ。これからも気配なく私に近づいて欲しい」

荒事に疲れたとはいえ、鍛錬は積み重ねるに越したことはない。生存に何よりも大事な直感力が失われるのは手痛いものだ。

「友人、ですか。嬉しいです。でもなぜ私なんかを気にしてくださるのですか？　あの魔人姫様が」

「ふむ、人物の評価は、おおむね会った直後の第一印象を引きずるものさ。特に好ましい人物の場合は記憶に残りやすい」

私が初めてこの気配の希薄な少女を見つけ出すことに成功したとき、目に入ったのがこの輝くエメラルドグリーンの髪だ。

「エメラルドグリーンは私の好きな色だ」

緑の騎士団の鎧が悪竜を思わせる深緑の色でなく、エメラルドグリーンであれば、きっとあの騎士Lへの印象もまた変わっていただろう。何の力も持たずに生まれながら、あれだけ鍛錬を重ねた強さを持つ男は嫌いではない。

でもロリコンで全て台無しだが。

「あの、なぜその色がお好きなんですか」

「ああ、緑が嫌いな理由と似たような話さ」

昔の記憶を思い出す。それは四年前の戦い。

悪竜の恐怖に震えながら、悪竜のもとに次々と集まる魔物達と戦っていたとき、唐突に訪れた光景。

「悪竜が勇者に浄化されたとき、一面に降り注いだ魂の光の色が、美しいエメラルドグリーンだったのさ」

私は聖人君子でも出来た大人でもない。

好き嫌いの差は激しく、もうアラサーだというのに自分の思い通りにならないことがあるとすぐにふてくされてしまう。

侍女の教育の中でそれが改善されるといいな、とは思っているがどうなることか。

ただ、私の好きな色の髪の少女が、私の嫌いな色の鎧の騎士へとその思いを届けられたら良いな、と今私は独善的に考えていて、その考えは自分を客観的に見つめてもそう悪くないものだと思っている。

女は失恋をして強くなる、なんて恋愛小説を読みながらカヤ嬢が言っていたが、今の彼女は失恋ですらない思いの押し殺し。

できれば失恋することなくその恋が実ればいい、などという打算とかすかな友情が混じった思いが、私の中にある。

騎士Lの私への気持ち？

そんなもの、ゴミ箱に放り投げておけばいいと思うよ。

12・性癖改善バイオレンス系トライアングル純粋恋愛事情

ごきげんよう。恋する下女カーリンを応援すると決めた私だが、カヤ嬢達に彼女の恋心を暴露して意見を求めたこと以外には、特に何も進展はなし。

彼女の恋をまずはまっとうな形にするには、ロリコン騎士の私への関心を失わせなければいけない。しかし実践するには、タイミングというものが必要だ。そもそも彼は王城勤務ではないわけだし。

まあ急ぐ要素など特にないわけで、恋愛ごとは一旦脇に置いておこう。

あくまで他人の恋路に、個人的な興味や野次馬根性で踏み込もうとしているだけなのだ。本来やるべきことである、侍女の仕事に支障をきたすわけにはいかない。

そういうわけで、今日も私は新米侍女としての仕事にはげみ、そして終業後に侍女宿舎でのんびりと仕事の疲れを癒している。

今、私が居るのは、談話室。夕食の時間まで、同僚の人達と世間話でもして交流をはかろうとしているのだ。

侍女はみな良家の子女とあって、侍女の仕事から解放される宿舎では、高貴で優美な時間を過ごす。

間違っても『庭師』や傭兵達のような、筋肉と暴食と汗満載の余暇の過ごし方をしてはならない。

談話室にはよく見知ったカヤ嬢の姿も見えるが、あえて彼女とは離れて普段あまり顔を合わせることのない子に声をかける。

私はこの国、アルイブキラの貴族出身でも何でもなく、さらにはここ何年もの間、世界中を飛び回る生活をしていた。なので、どうも若い世代の侍女の方々との間に、妙な壁のようなものを感じているのだ。

十年ほど前は『庭師』の仕事でこの国の貴族や王城の高官と関わることが多かったため、侍女の仕事歴が長い方々とはそれなりに顔を合わせたことがある。しかし若い子達からすると、私の存在は少々特殊だ。

この国出身の『庭師』であり、世界各地で実績を残し話に伝え聞く幹種第3類の怪力魔人。対面したことのない人からすると、私という存在は「住む世界の違う」人間のようだ。

地球人的にたとえるなら、近所の公園で毎日のようにボールを蹴って遊んでいた少年が、年を経てプロサッカー選手になり外国のチームで試合に出ているような存在が私だ。私の子供時代を知る地元の人は「住む世界が違う」なんて思わないだろうし、一方で若い人々はたとえ地元の人でもわんぱく少年時代など知る由もないのだ。

現在私はそんなある種のコミュニケーション不全状態にいるが、さすがにこの状況を放置しておくわけにもいくまいと、談話室での日常会話にチャレンジしているのだ。

侍女はどうも横の繋がりが広い職業らしい。同じ王城の執政官などは上下関係が大事なようだが、城中に満遍なく配置される侍女はまた違う。女所帯というのもあるかもしれない。

私は今のところ老後まで侍女の仕事を続けるつもりだ。状況を改善できるならした方が良い。

私は民間出身で、ジェネレーションギャップもある若い子達と、すんなり会話を開始するのは難しい。私の前職の冒険譚を聞きたがる者は未だにいるが、その選択は現状の改善にはあまり繋がらないだろう。

しかしここは談話室なのだ。食前の薬草茶を飲んでいる人もいるし、複数人で娯楽に励んでいる姿も見える。会話のきっかけとなる要素がいろいろ転がっている。

そして今、私と同じく新米の若い侍女達を相手に仲良く会話することに成功している。

話題は近くの卓で行われている貴族の遊びについてだ。

侍女は皆、上流階級の者で、嫁入り前の高貴な少女が揃っている。娯楽の内容も市井とはまた違うのだ。

貴族の子女が嗜む遊びといえば。

そう。

「わたくしのターン！　ドロー《フィーナ・ドイク　エリーク》！」

トレーディングカードゲームによる対戦である。

……いや、冗談でもなんでもないぞ？　マジもマジで大まじめだ。

「ヒーローカード『蟲神蟻の賢者《ちゅうしんあり》』を場に転生《フィーナ・コボウ》！　続けて悪獣カード『フダツ湖の食人蟹』を転生《コボウ》！」

貴族の子女に相応しい見事なプレイングである。

さて、この状況を説明するために、少し私の前世について話をしよう。

前世の私は、日本の大学に入りそして留年することなく卒業した、ごくごく一般的な経歴を持つ。

そんな大学時代だが、私はあるサークルに所属していた。

その名も娯楽追求倶楽部。

「遊びにかまけて貴重な大学生活を棒に振らないよう、あらゆる娯楽を計画的に追求し節度あるキャンパスライフを送ろう」

そんな理念を掲げたサークルだった。

砕けた言い方をするなら、「うちの大学は自由に遊べる余暇がいっぱいあるから、遊びすぎないように気をつけながらみんなで遊ぼう」というわけだ。

そのサークルで私は、娯楽追求という名の通り様々な娯楽に触れた。

屋外ではスポーツ、アウトドア、サバイバル、ガーデニング。屋内ではテーブルゲーム、ビデオゲーム、楽器演奏、手品。などなど。

その中で、私はトレーディングカードゲームというものに触れたのだ。

そして前世から今世へと話を移そう。

私が『庭師』となって一年と少しほど経過した頃だったろうか。その頃私は大きな仕事を受けられるほどの実績もまだなく、この国で細々とした仕事をしていた。

『庭師』――生活扶助組合組合員の仕事とは本来、世界に満ちた悪意を善意に変換するものである。世界の悪意から生まれる魔物を浄化したり、暴れ回って人の心に負荷をかける猛獣を討伐したり、武装した悪人を捕まえたり、などである。

が、それとはまた別に、生活扶助組合の名の通り、町の身近な何でも屋、便利屋としての側面も大きかったりする。

魔物退治と便利屋は明らかに専門が違うとしか言いようがないのだが、『庭師』の免許を得られる者達は武力の高さとはまた別に多種多様な才能を持つ傾向にある。

毎日のように命の危険がある仕事をしていては、組合に認められた『庭師』といえど身体にガタが来る。なので、多才な技術の数々を様々な困り事の解決に使うというわけだ。私も魔人としての怪力と父に教えられた蛮族の武技の他に、魔女から受け継いだ様々な補助魔法があった。なお、生活扶助の仕事がこなせない、戦うしか能がない人間は、『庭師』ではなく兵士になったり傭兵になったりする。

新米冒険者時代の私。駆け出しというだけでなく実年齢も見た目通りだったため、仕事の斡旋所の人達に過保護に扱われ雑務ばかりをしていたのだ。

そんなとき、私は街のある商家の男の依頼を受けた。

雑貨店を構える商家の男は、店のオーナーをするにはあまりにも若いゼリンという名の少年であった。なんでも、彼の父である先代はグルメな人間で、微量に毒を含む山菜を食べ過ぎて全身から血を噴き出して死んでしまったというのだ。そして残された少年は、若すぎる家長就任である。

だが少年ゼリンは前向きな商人で、店を大きくする野心で溢れていた。資金はあり、様々な伝手《つて》を使って新たな商売を開拓しようとしていた。

私が受けた依頼は『新しい商品のアイデア出し』であった。

「非凡な者しかいない『庭師』なら商売のチャンスに繋がる何かを思いつくはずだ」

そんな滅茶苦茶なことを初対面で言われたものだ。

その後の十数年で判明することだが、私には商才がない。しかし、新たな商売のアイデア自体は山のように持っていた。

なぜなら私はこの世界とは違う惑星、地球で生まれ育った転生者だからだ。この世界にはなく、地球にはある何かがすなわち新しい商品のアイデアになるわけだ。

そして私は、前世の大学サークル時代に遊んだいくつかの玩具《おもちゃ》についてのアイデアを伝えた。

その一つがトレーディングカードゲームだ。

そのアイデアが商業的に当たったかどうかは、今私の目の前で繰り広げられている対戦を見て解るとおりだ。

「補助ステップ《レイ・エーキ》！　『古《いにしえ》なる庭師王』に属性カード『天使の聖杯』を付与！」

「まあ彼女すごいわ！　世界樹教に拝神火教が両方そなわって無敵に見えます」

「『庭師』の苦手属性である悪魔を倒すにはこれ以上ない選択だね」

「そうくると思っていましたわ！　魔法割り込み《ウィー・レイ》！　魔法カード『太古の堕天』を発動！　このカードは世界樹属性と神火属性を同時に所持する戦闘カードの攻撃力と防御力を５下げます！」

「なっ!?　そんなレアカードを隠していたのですね……！」

この対戦を見て解るとおり、トレーディングカードゲーム……トレカは貴族などの上流階級の女性層でヒットを飛ばした。

そう、女性である。

地球におけるトレカは、カードの収集愛好者人口、そして競技人口の大半が男性だった。

なぜか？

それは、男は物をコレクションする性質をもつ生き物だからだ。対戦という要素も男の子向けだ。

地球だけでなくこの世界の男も同じである。

でもこの世界では実際のところ、女性人気が高い。

なぜか？

それは最初から女性に売れるよう作ったからだ。

この世界での歳が若く、商才のなかった私には思いつかなかったことだ。日本では札束を刷っているとまで言われたカード。しかし、世界の中枢『幹』と道具協会によって技術レベルの操作を受けているこの国では、一枚一枚の製造コストが高くなってしまう。

日本のトレーディングカードは子供の娯楽として宣伝することで、男の子達がこぞって買い集めるようになった。そうサークルで聞いたことがあるが、この国、いや、この世界では一般家庭の子供が何百枚も気軽に買えるような安価な商品にすることができないのだった。

そこで商家の少年ゼリンは、イラストカードという新しい雑貨をファッションとして設計した。

高級アクセサリーとしてカードホルダーを作り、魔法素材で美しいカードスリーブを生産させた。

さらには広く売れた場合の事業計画として、対戦大会の勝利者でしか得られないバッジやメダリオンを設計し、男性向けの『強者が得られるトロフィー的アイテム』も用意した。

……結果的に大会の成績で得られる階級メダリオンは、男性ではなく女性に人気のアイテムとなったのだが。

その様子を見た商家の少年――その時点では青年――は言った。

「女性がファッションを意識するのは、お洒落な同性に囲まれたとき」

なるほど、カードゲームの勝敗とは別に、トレカと関連アクセサリーはファッションを競い合う材料ともなったわけだ。

「く、この状況で魔法カードでの攻撃ですの」

「このカードは木属性のヒーローカードの攻撃《ファリオ》として扱われます。さあ受けなさい！　『世界の合言葉は樹木』！」

「……わたくしの世界魔力《ルキア》で受けますわ！」

対戦を続ける私服の侍女の方々。

彼女達は互いにルールやカードのテキストを把握しているというのに、まるでカードゲーム漫画のようにテキストを読み上げ、腕を振り上げる仕草で行動を宣言する。

彼女達の動作を応用に、卓上では魔法の光が縦横無尽に舞っていた。

……トレカ対戦における前世との最大の違い。それは、対戦は神聖で魔法的な宗教儀式であるということだ。

試験販売でファッションとしてのカードは売れると確信した商家の少年。彼の次に打ち立てた方針は、ゲームとしての完成度を上げる事であった。

そこで彼がとった行動は、私には到底思いつきようがないものだった。

共同開発提案としてカードを持ち込んだのだ。宗教団体に。

この世界における最大の宗教。世界樹教。この世界に生きる人間は大なり小なり、この宗教の神を信仰している。

なぜなら、神は実在している。すぐ足元に。この世界を形作る、巨大な樹が神なのだ。世界樹は植物であるが、世界樹の実体は旧惑星に神のごとき偉大な生物が跋扈《ばっこ》していた何千万年も前から生きる、ある種の神獣だ。

世界樹は意思もあり、人へ神託をもたらすこともある。そして何より、人間が生まれ生きるために必要な魂は、世界樹から与えられるものなのだ。樹の脈を流れる『人間の要素』が枝——大地から女性の身体を通じて萌芽する。それが魔法的な人、そして生命の誕生だ。

文字通り人は大地に生まれ大地に生きるのだ。そして大地に還す生命の魂を善なるものになるよう努めるのが、『庭師』であり世界樹教の司祭達というわけだ。

そんなものすごい宗教団体に恐れもなく、商材としてトレカを持ち込んだ商家の少年。

少年は世界樹教の経営部門の教会員達に説いたのだ。

「我々信徒は起床や食前など日常的な場面で聖句を唱える。だが、率先して大規模な儀式を行うことは少ない。生活圏を善で満たすには儀式をあらゆる場所で行うことが望ましいとされているのに。故に、義務感ではなく娯楽として儀式を行うようにすればいい」

世界樹教はお堅い宗教ではない。そもそもこの世界に生きる人々は、世界樹からの恩恵を多大に受けており、厳しい生活を送ることは少ない。よって人々は宗教に救いや戒律を求めない。

基本的には神様に感謝しましょうねという宗教なのだ。

そしてこの世界に生きる人々が世界樹から受ける恩恵の一つが、特殊な魔法である。

聖句を唱えると様々な益をもたらす、知識のいらない魔法。日本語訳をするとしたら神聖魔法だろうか。世界樹教の信徒達は神への感謝と恩返しとして、神聖魔法を使って世界を綺麗にする。それが起床時や食前に行う聖句を唱える習慣だ。

そして、一言呟く聖句より長い祝詞《のりと》をあげる儀式を行う方が、浄化の効果ははるかに高い。その儀式をカードゲームでやれ、と少年は言ったのだ。

教会員達は商家の少年の話術に見事に乗せられ、ゲームの設計を行った。

競技ルールはこの世界における転生の概念や魔物の発生理論を基にしている。それによって、この世界の成り立ちと世界樹教の教えを娯楽で身につけられるようになった。

競技ルールの専門用語やカードに書かれるテキストには、聖句が織り交ぜられた。札を引くドローなどの行動を宣言するだけで神聖魔法が発動する。当然、テキストを把握していたとしてもテキストを読み上げることが推奨される。

結果、前世で机に座り静かに行っていたカード対戦は、大きな身振りでテキストの読み上げ、神聖魔法の光が飛び交うコミック時空の娯楽に生まれ変わることとなった。

世界樹教の全面バックアップで、トレーディングカードゲームはこの国の広い地域で販売された。トレカは新しい謎の玩具ではなく、バックボーンのしっかりした新ファッションとして上流階級に飛ぶように売れた。そしてすぐにあらゆる言語に翻訳され世界的ヒットを飛ばしたのであった。トレーディングカードゲームは男所帯ながらも高給取りである『庭師』の間でも流行《はや》っていた。

そして侍女達の間でも、当然のように流行っているようだ。

対戦の内容に差はなくとも、『庭師』の対戦は格好良く、侍女達の対戦は美しい。侍女達のこの優美さは勝ち負けを争う戦いというよりも、神聖な儀式と言った方が相応しいだろうか。

……やっていることは結局カードゲームでしかないのだけれども。

「『剛力の魔人』で『アルイブキラ・ドラゴン』を攻撃《ファリオ》。これで貴女の世界魔力《ルキア》は全て世界へと還ります」

「……完敗ですわ。いい試合でした《カリカ・レイ・ククルアーナ》！」

「いい試合でした《カリカ・レイ・ククルアーナ》！」

「いい試合でした《カリカ・レイ・ククルアーナ》！」

対戦した二人だけでなく、周囲で観戦していた侍女達も一緒に儀式終了の聖句を唱える。そこには激しさや暑苦しさなどどこにもない。まさしく貴族の子女の嗜み。

勝ち負けの争いをしていたはずのプレイヤー二人に浮かぶ表情も、優越の顔や悔しがる顔ではなく、美しく儀式を終えられた満足げなものだった。

「次、どなたかおやりになる？」

「あ、私、キリン様と対戦《カリカ》したいです……！」

おや、珍しい。私にお声がかかった。

私はこの宿舎に来た当初、カードを持参していなかった。なので、前は誘われても手元にないと断っていた。

以前の休日でカードを塔から持ってきたことはあまり言っていないのだが、ククルかカヤ嬢が誰かに話したか。

しかし未だに私を様付けで呼ぶなんて誰だろうか。身分もなく新米中の新米なので様付けなどしなくていいと皆に言ってあるのだが。

声の主に私は振り返る。が、その人物に私は仰天した。

「……なにをしているんだ、君は」

そこにいたのは下女の制服に身を包んだ少女、カーリンだった。

◆◇◆◇◆

「おはようからお休みまで貴女の一日をお助けします☆　侍女宿舎付き下女のカーリンでございます」

「ああ、うん、そうか」

バチコーンと音がしそうなウィンクを私に向ける下女カーリン。

なるほど、この侍女の宿舎の担当下女ならここにいるのも納得……できるわけがない。

普段私が彼女と会うのは、王宮の廊下でだ。そのとき彼女は大抵、掃除用具を手に持っている。

それを見るなら彼女は王宮付きの清掃下女ということだ。

あとウィンクとかいつもとキャラが違う。あ、顔赤くしているから今のはやってみただけなのか。

カーリンは影が薄いので、王宮担当ということを知る者は少ないかもしれない。

それでも、仕事中であろう下女が終業後の侍女と遊戯にふけるというのは、いかがなものだろうか。さすがにそんな場違いすぎる下女の登場に、侍女達は困惑顔でざわざわとしている。ざわざわというか私の無駄に良い耳には本気でリアクションに困っているような会話が聞こえるぞ。

どうするんだ。私ではフォローできないぞ、この状況。

と、次の瞬間、カーリンは下女の仕事着のポケットに手を入れ、何やら物を取り出した。

トレーディングカードゲーム用のグッズだ。高級そうなカードケース。そして、銀の鎖に繋がれた白金のメダリオンである。

それを見て、私と先ほどまで一緒に雑談に興じていた同僚の少女が驚きの顔を見せる。

「あれは！　発売十周年に限定生産された幻の竜革カードケース！」

少女の声に、カーリンはカードケースを掲げるようにしてこちらに見せてきた。

ああ、あれは――。

「まあ！　ロットナンバー1桁ですって!?」

ケースに浮き彫りされた3の文字（この国の言語で）。珍しいんだろうなぁ……ってそうじゃない、あのケースの素材、私が騎士達と一緒に討伐した飛竜の革にしか見えないぞ。

竜と言えば濃い魔力溜まりでしか生まれない生物で、死体から得られる素材も魔力に満ちあふれた高級品だ。そんなものをカードケースにするなんて、なんて勿体ないことを……。

「メダリオンの方は一級プレイヤーの証、白金記章ですわ！」

白金のメダリオン。白金と言えばあの白金である。別名プラチナ。

前世地球のプラチナと同じ金属かは詳しくないので確証が持てないが、白く輝く加工困難な金属なので多分プラチナである。訳さずこの国の言語そのままで言うと〝エレル・ミーパイン〟になる。直訳で〝大いなる銀〟。

白金はこの世界において、装飾品や魔法の触媒として用いられる希少な高級品である。世界に存在する絶対数が少ないというだけでなく、先ほども述べたとおり加工困難なのである。具体的に言うと融点がものすごく高い。

地球の話をしよう。場所はアメリカ大陸にその昔、インカ帝国という国があった。その国では高い冶金技術でもってプラチナの装飾細工を作りだしていた。そして大航海時代、ヨーロッパの軍勢がインカ帝国を滅ぼす。そのとき戦利品としてプラチナの装飾品を多数持ち帰った。しかし、ヨーロッパの人々はプラチナの存在を知らず、銀を溶かすための炉にプラチナの装飾品をくべた。当然、プラチナは溶けない。結果、ヨーロッパの人々はこれを加工ができない出来損ないの銀と呼んだ。

以上、もはやうろ覚えになっている地球の歴史の小話である。

この世界でもプラチナが加工困難であることには変わりなく、もっぱら魔法師達の魔法の火や、火の神を祀る拝神火教の術によって加工がされている貴重な金属である。

「あ、ああ……あの刻印は……！」

前世に思いをはせた私の横で、少女の解説はまだまだ続く。なんだろうこの説明口調の台詞《せりふ》は。カードバトルなんてしているからコミック時空にでも彷徨いこんでしまったのか。そういえばあの馴染みの商家には漫画文化も伝えたんだった。公式カード漫画くらいあってもおかしくない。きっとその中では解説キャラが大活躍するのであろう。

そんな解説少女が白金のメダリオンを指さすと、希少な品にうっとりとしていた他の侍女達も今度こそ驚きの顔に変わった。

「アルイブキラ国内統一王者……カーリン様!?」

「まあっ！」

「カーリン様ですって!?」

「あの正体不明とまで言われた絶対王者……」

「そんな、まさかこんな身近にいらっしゃったなんて……！」

え、なにこの空気。

国内統一王者ってカーリンそんなすごい子だったの。彼女まだ十二歳くらいだぞ。

ああ、さっきのカードケースももしかして大会の賞品なのか。カード発売十周年といえば七、八年は前で、さすがにその頃からカードを集めていたとも思えないし。

「ふふ、皆様ごきげんよう。このような格好で失礼いたします。本来ならば、対戦儀式の正装に身を包んで参上すべき身分ですが……是非ともキリン様と対戦したく、急ぎ参った次第です」

そんなカーリンの物言いに、談話室の全ての侍女達の視線が私に集まる。

どういう状況だ、これは。

「ええと……カーリン、どういうことだ？　確かに私も少々トレカは嗜むが、国内チャンピオンとまともに戦えるような腕は持たないぞ」

「まあ、謙遜ですね」

いつの間にかメダリオンを首にさげ、薄い白手袋（手の脂を高級品であるカード用品に付けないようにするためのもの。カードを汚さないようにするために付けるカードスリーブを対戦中にさらに汚さない用途で用いられる乙女の道具）を身につけ、カードケースを胸の前にかざしながらカーリンは笑う。

私の知ってるカーリンと違う。

「キリン様、貴女、ゲームマスターですよね？」

ざわりと。また侍女達から驚きの声が漏れる。

ゲームマスター。当然トレーディングカードゲームにまつわる単語だ。そして私は事実、ゲームマスターと呼ばれる人種だ。しかし、私がそうだと知る者はあまり多くないはずだ。

私を見る侍女達の視線が強くなる。特に、隣から強い視線を感じる。カーリンの一挙手一投足を詳しく説明していた解説少女、いや、侍女の同僚のメイヤが、キラキラと目を輝かせながら何かを期待するかのようにそわそわとしている。

期待するかのように、というか期待されている。私がゲームマスターの証を取り出すのを。しかし世の中そんなに歌劇のように都合良くはいかない。いくらカード対戦をするからといって、こんな場所なんかにゲームマスターの証なんて持ち込んでいるはずが……あ、はずがあった。

私は私服の襟の中に指を入れ、首に掛かっていた紐を引っ張り出す。

それは、アクセサリーという物に興味を持たない私が唯一常に身につけている装飾品。先代の魔女から死の間際に受け継いだ、魔女の首飾りだ。

指先に触れた紐に小さく魔力を通す。すると、紐の先にぶら下がっている宝石が淡く輝く。そして、宝石の中心が小さく瞬き、宝石の周囲に光の魔法陣が浮かび上がった。

「メイヤ、あれは？」

先刻、私とメイヤと共に会話に興じていた別の侍女が、解説少女メイヤに尋ねる。

「あ、あれはー……わからないです……」

勉強不足だねメイヤくん。この光の魔法陣に見える物は、実は魔法陣ではなく紋章だ。魔法使いがおのれの経歴を記載して周囲に見せるための名刺のようなもので、経歴紋章という。まあトレーディングカードゲームには関係ない魔法使い達の社交界アイテムだけれど。

私は首飾りにさらに魔力を流す。すると、紋章はさらに形を変え、世界樹を模した図を形作る。

魔法の光を受けた解説少女の瞳はきらりと輝き、今度こそはと解説を始めた。

「あれは一級アンパイアのさらに上位の存在、ゲームマスターだけが所持することを許された、大いなるメダリオンに刻まれる紋章！　ゲームマスターの証です！」

ゲームマスターのメダリオンを出すとばかり思っていたのだろう。説明がどうも冗長でふわふわとしている。

あ、なんだかこういうノリでの解説って気分が良い。

そうだよ。今の私は冒険者とは違うんだ。冒険者こと『庭師』は「相手が驚いているうちに殴れ」が基本だもの。悪人にこっちの正体を悟らせて驚いている隙に一網打尽にするのが基本だもの。解説役の解説を聞いている暇なんてなかったんだ。

「そう、私がトレーディングカードゲームの発案者。元『庭師』のキリン・セト・ウィーワチッタだ」

紋章の光を掲げながらそんなノリノリの名乗りを上げてみる。恥ずかしいか？　いや、恥ずかしくない。そもそも、ここにいるのは若い少女ばかりなのだし、こういうノリも悪くないじゃないか。

「まあ本当にゲームマスターなのね」

「カヤ、貴女知ってらした？」

「初めて知りましたわ」

「ということはカーリン様よりお強いってこと？」

「何度も大会を見ましたが、ゲームマスターといえど、彼女より強い人がいるとはとても……」

「でも発案者ですよ？」

……うん、知る者は多くないはずと言っても、別にゲームマスターであることは隠していたわけではないのだ。

だから本当はSだけど面倒だからBに見えるとかそういう類ではないのだ、恥ずかしい。そもそもカードの原案を出したというだけで、対戦の技量が特別高いわけではない。

「で、カーリン。君ほどの強者《つわもの》でカードを熟知した人間なら、ゲームマスターが強者ではないことくらい推測できると思う」

「ええ、そうですね」

そうですか。解った上で言っているのか。

「それでも、わざわざここで私と戦いたいのかな」

「はい！　私に、ゲームマスターに挑むチャンスをください！」

ゲームマスターに挑むチャンスとな。

なるほど、ゲームを知り尽くした人間が、制作者サイドに挑むこと自体に意味があるということか。

この展開は知っている。彼女はへぼ対戦者である私自身による普通の対戦になど、用はないのだ。

だがそっちがそうならこっちにも考えというものがある。

「では私が勝ったらカーリン、君には次の私の休日に一日付き合ってもらうぞ。急だが休日申請を出して貰う」

「えっ。ええ、その程度、勝負がなくても受けますけど、とにかく対戦してくれるってことですね！　さあ、儀式を始めましょう！」

なんでこんなに熱いんだ、カーリン。

まあ、いい。

「この勝負受けよう。一人のゲームマスターとして」

私は次元を歪め、空間収納魔法からカードケースを取り出す。

対戦用のデッキではない、まさにゲームマスター用のデッキを私は対戦用の卓に展開した。

◆◇◆◇◆

「いい試合だった《カリカ・レイ・ククルアーナ》」

「……いい試合でした《カリカ・レイ・ククルアーナ》」

試合終了。私の勝利です。

そしてギャラリーの皆さんどん引きです。

「これがゲームマスター……」

解説のメイヤが神妙な表情で呟く。そう、トレーディングカードゲームの原案担当であるゲームマスターとして、私は全力で戦った。

ゲームマスターの行う対戦とは？　それは新しいカードの設計と、そのゲームバランスの確認である。

考え得るあらゆる戦法を駆使し、新規カードの不備を見つけ出す。それがゲームマスター。

カードの不備とは、基本的に『特定条件であまりにも強すぎる・有効的すぎる効力を発揮する』というものだ。

この対戦で使用したゲームマスター専用デッキは、長い付き合いの商家の少年――今ではすっかり中年――ゼリンから送られてきたものだ。私は暇な時を見つけて、ゲームバランスが崩壊するような不備を探し出していた。そして、この対戦でそれらを使いこなしてカーリンに勝利したのだった。

以下、その悲惨すぎる一方的な試合内容。

私達の対戦は通常通り聖句の宣言から始まった。

しかしその光景は本来のものよりいささか華やかさに欠けるものだ。なぜなら私は声が出せないため魔法の詠唱ができない。聖句を補助魔法の音色で再現しても神聖魔法が発動しないのだ。

その様子を見てぎょっとしたギャラリーの侍女達だったが、次の瞬間には別の意味で目を見開いていた。

私が出したカードが、彼女達の誰も見たこともない謎のカードだったからだ。

見たことがないのは当然だ。市販されていないカードだからだ。正確には検証用サンプルカードである。

デッキは全カードが来年度に発売予定のテーマ『魔法師の祭典』で構築されている。直接カード同士での戦闘を行うカードは少なく、そのどれもが特殊効果持ち。他の大半は魔法カードと呼ばれる、カードを提示した瞬間に相手に効果やルールを強要するというもの。つまり、バランス調整前だとひどいことになるのが火を見るよりも明らかな代物。

私はその魔法カードを複数枚使うコンボを使用して、カーリンのあらゆるカードを弱体化し、行動を封じ、防ぐ手段すらなくして攻撃した。フルボッコであった。

カーリンは平然としていたが、観戦者はみな酷い物をみたという感じで、私を非難の目で見ていた。

ゲームマスターは別に対戦がべらぼうに強いわけではない。ただの原案担当でただのデバッガーだ。

そのことを詳しく説明すれば（私は口で喋るわけじゃないが）よかったのだが、雰囲気的にぐだぐだと対戦を引き延ばす流れでもなかった。断る流れではもっとなかった。

ゆえに未発売のバランス調整前カードで一方的にボコボコにするという、人間のクズと言っても良い試合結果になってしまったのだ。でも後悔していない。ゲームマスターは対戦強者だという勘違いを国内最優秀プレイヤーを使って訂正できたのだから。後悔していない。後悔していないんだって！

「なあ、カーリン。これでよく解っただろう？　ゲームマスターは対戦の勝利を追求する強者じゃない」

カードを片付けながら私は卓に向かい合うカーリンに話しかける。

周囲からの目が痛くて仕方がないのでさっさと卓を明け渡してしまおう。次の対戦希望者がいるはずだから。いるはずだ、きっと。

「カードの不備を検証するために対戦する存在なのだ、私達は。ゲームマスターとしてではなく、一プレイヤーとしてなら私もこんなことせずに普通に遊べるよ。君よりずっと弱いだろうけど」

「……いえ、これでいいんす。私はこういうゲームマスターとしての戦いをしたかったんす」

カーリンの口調が崩れている。口ではこう言っても実際のところ敗北はショックだったのかもしれない。

でも手加減すればよかったのかというとそれは違うだろう。難しい。

とりあえず私もカーリンもいたたまれないので、デッキをしまって談話室の隅へと移動した。

その頃には侍女達の興味も私達から逸れており、新しく始まった対戦を皆で眺めているようだった。心なしか聞こえるテキスト読み上げに魔法カードのものが多い気もするが、気のせいということにしておこう。

「はい、お姉様。一杯どうぞ。カーリンさんも」

と、部屋の隅のソファに座った私に、お茶を勧めてくれた人が一人。ククルである。

ククルも観戦していたのか。この子に軽蔑されたら本気で死にたくなるのだが。

……いや、ネガティブになるのもやめよう。確かにここが小学校なら帰りの会で女子達に晒し者にされるようなことをしたが、ここには落ち着いた淑女達が揃っている。このことが尾を引いて何か起きるということもないはずだ。多分。

ククルからお茶を受け取った私とカーリンはお茶を一口のみ、ほうと一息つく。

うん、落ち着いた。

「で、カーリンはなんでまた、仕事中に割り込んでまでこんなことを？　もしかしてカード設計者志望だったのかい？」

彼女が国内統一王者ということでスルーされたが、本来なら終業後の侍女と就業中の下女がトレカで遊んでいるって、いろいろまずい状態だ。

ネームバリューで押し通せると踏んだのかもしれないが、なんとも肝の据わったお嬢さんだ。

「まあ統一王者という知識の豊富さなら、教会のトレカ部門ももしかしたら受け入れてくれるかもしれないよ」

いろいろ彼女の行動に疑問は残るが、私が気にしすぎても仕方がないことではある。

「あ、いいえ、ゲームマスターになりたいわけじゃないんですよ」

おや。ゲームマスター志望でないのに、ゲームマスターの戦いを見たかったのか。

どういうことだろう。

「昔からずっとうらやましかったんです。発売前のカードで検証対戦することが」

「……？　まあそういうこともあるのかな」

「やりたくても触らせてくれなくて……守秘義務だーって、ちょっとおかしいですよね」

「まあ私達に守秘義務はないね。実際今回だって、発売前のカードを皆が見たわけだし」

「そう言ってやりましたけど、うちはそういう方針だって。ひどいですよねうちの親父」

「？　そうかねそうだね」

んん？　何か会話が変だな。誰だ親父って。

「……あの、キリンお姉様？」

それまでニコニコと私達二人の会話を横で聞いていたククルが、初めて口をはさんだ。

「彼女の名前ご存じなんですよね？」

「ああ、カーリンだろう」

王宮の廊下ですれ違った下女を私が呼び止めたのだ。あまりにも気配が薄いので、他国のスパイか忍者か何かと勘違いしたのが彼女と知り合ったいきさつだ。

「いえ、そちらではなく家名の方で」

「…………」

家名。名字のこと。

「そういえば知らないな」

「カーリンさんはティニク家の御息女さんです。カードの販売元の商家の」

「バガルポカル・カーリン・ティニクです」

バガルポカル・カーリン・ティニク。バガルポカル領のティニク家のカーリンさん。

ティニク家。知ってる。知ってる。知ってるというか……。私が『庭師』見習いの頃に、新しい商品の案は
無いかと依頼を出してきた商家の少年の家名だ。

少年の名はバガルポカル・ゼリン・ティニク。

「ゼリンの娘!? いや娘がいるとは聞いていたが……」

聞いていた。彼は私に送ってくる手紙に、聞いてもいないのに町での日常や家族との生活をいち
いち書いてくるような人間なのだ。彼の家族構成は頭にしっかりと入っている。

「あの、キリン様。私、何度も実家でお会いしたのです」

と、困惑している私に、そんなことをカーリンが言った。

「……え、本当?」

「はい本当です。ただし気づいてもらえませんでしたが」

「何やってるんだ、私は……」

「いえ自分で言うのもなんですけど、私、影薄いので……」

何とも言えない空気が周囲に漂う。

視線が痛い。ククルの無言の視線が痛い。未発売カードで一方的に生命魔力を削ったときの侍女達の視線の万倍痛い。

そして全く言い訳ができない。

「これは……私が全面的に悪いね……。ゲームマスターと対戦したくなるのも納得だ」

ゼリンとは彼の家で何度もカードの検証を行ったことがある。『庭師』として世界中を飛び回るようになってからも所在地にカードが送られてきて、検証を頼むと手紙が添えられていることもしょっちゅうだったし、この国に帰ってきたときはよく彼のところに寄って、カードの使用感の報告をしたものだ。

その様子を娘として見てきたなら。そして国内大会で優勝できるほどカード好きだったなら。

確かに、ゲームマスターとしての戦いを一度で良いからしたくなるに決まっている。

「……本気でごめんなさい」

「いいっすよー。いつものことなので」

いいっすよーって敬語が乱れるくらいには気にしてるじゃないか！

困った。カーリンはずっと私に対して、昔から知ってる知人のお姉ちゃんみたいな感じで話しかけてきてくれていたのだろう。そして私から告げられる、全く知りませんでした宣告。これは酷い。

いや、これはどうにかして謝罪というか、何らかの埋め合わせをしてあげないとな。

言葉で謝っても、彼女は自分の体質のせいだとしか受け止めないだろうから。

「私のことはキリンお姉さんと呼んでいいんだよ」

「遠慮しておきます」

がーん。

あ、ククルめ笑いやがったな。

いやまあ今更関係性は変えようがないので、接し方はこれまで通り知人友人的なものでいくしかないか。

しかし私としては何か謝罪の意を示したいところだ。

先ほどの会話からも解るとおり、ゼリンはカーリンをカードゲームの事業に関わらせていないようだ。商家の跡を継ぐのはゼリンの息子だから、そういうことだろう。まあ限定カードケースなどはばっちり買い与えている様子だが。

私が今回使った検証前デッキをカーリンに渡して、親父さんと話をしてこいというのはどうだろう。娘さんは仲間はずれにされて寂しがっていたんだぞ、と私が怒鳴り込む。

いや、これはないな。一見良い事をしているようにも見えるが、実際のところ他人の家の方針に割り込んで勝手なことを言っているだけにしかならない。

それに家庭の事情で、そういう青春ドラマ的熱いノリをやって許されるのは、学生程度の年齢までだろう。私にはキツイ。

それに、カーリンが下女として王城に働きに出てるということは、商売に関わるのとは違う生き方を選んでいる、もしくは選ばされたのかもしれないし。

例えば、そう。良家の花嫁だとか。お嫁さんだとか。

「カーリン、そういえば対戦の前に話していたことなのだが……」

花嫁だとかお嫁さんだとか。王城の侍女の仕事は貴族の花嫁修業の場だが、もしかしたら下女も一般の上流階級にとって花嫁修業の場だったりしないだろうか。

「はい、えーと休日をご一緒する話でしたか？」

「ああ、無理にとは言わないが、付き合って貰えると嬉しい」

彼女への埋め合わせ。それは予定通りのことをすれば問題がないのではないだろうか。

「大丈夫ですよ。でもなにするんです？」

家庭の事情が無理なら、個人の事情の恋愛で。

そんな一見良い事をしているようにも見える何かを私はカーリンにささやく。

「ああ、君とあの緑の騎士との恋愛をちょっと応援させて貰おうと思ってね」

次の瞬間、モブとしてずっと観戦者達に埋もれていたはずのカヤ嬢が、私に向かって勢いよく振り向いた。

……どんだけ恋愛ごとが好きなんだ、あの子は。

◆◇◆◇◆

冒険者時代の私は、世界の各地を転々として仕事をこなしていた。

冒険者である『庭師』の免許は、上の種別になると国境を越えることが可能になる。とは言え熟練の冒険者でも遠くの国までわざわざ働きに出ることは少ない。

なぜか。答えは簡単。この樹の世界も地球と同じく国によって様々な言語が存在するからだ。

私は前世の頃から外国語をマスターすることが得意だった。そして今の私はどうやら脳の言語野が高度に発達してくれているらしく、驚異的な速度で各国の言語を覚えることができた。十歳という若さで見た目の成長が止まっていることが関係しているかもしれない。

そういうわけで多言語を習得している私は、『庭師』の事務局である生活扶助組合からちょっとあっちの国へ行ってきてなどと、やっかいな国境越えの仕事を幾度となく頼まれていたのだ。

前世のように交通が発達しているわけでもなく、旅は厳しい。向かった先の国で腰を落ち着けたいと思ったことは何度もあった。

それでも私は折を見て、この国アルイブキラへと戻るようにしていた。

私は遊牧民族の生まれだがその記憶はない。父とは様々な国を旅していた。だが魔女との三年間の生活は違った。バガルポカル領の魔女の塔で一緒に過ごしていた。だからか、私はこの国を今世での故郷だと思うようになっていたのだ。

バガルポカル領の領主とも冒険者の駆け出しの頃に知り合った仲であり、国に帰るたびお土産を持って領主の館に行ったものだ。彼のことは、親友と言っても過言ではないと私は思っている。

そんな彼に娘のククルが生まれたときは、まるで姪っ子か何かが生まれたような感覚があった。

ククルは昔から可愛らしい子で、言葉を話すようになって私をお姉様と呼んだときは、それはそれは嬉しかったものだ。

その後、冒険者として名を馳せ世界の中枢『幹』から免許の一等級を授かったときは、無理を言って世界樹の脈を伝う高速移動術の使用許可を貰った。それを使い遠い国で仕事が終わるたび、小さいククルに会いに戻るようになった。

ククルにはよく前世の話をした。彼女はこの世界の遠い国の話よりも、未知の世界である地球の話を好んでいた。

あるとき、私はククルに地球のある文化の話をした。

それは私にとっても未知の文化だった。その名もパジャマパーティである。

さて、話を現在に戻そう。

談話室でカーリンとのカード対戦を終え、私、ククル、カヤ嬢のいつもの三人とカーリンが一所に集まり、カーリンの恋の話をはじめた。が、すぐに夕食の時間となり、その場は解散せざるを得なくなった。さすがにカーリンを侍女の宿舎の食卓に座らせるわけにはいかない。

話はまた後日、と思ったところでククルがこんなことを言い出したのだ。

「キリンお姉様のお部屋でパジャマパーティをしましょう」

と。未知の文化の侵略である。

そういうわけで夕食と入浴が終わり、私とカヤ嬢の部屋でパジャマパーティの開催である。

私とカヤ嬢の部屋は二人部屋。家具を除いた床の広さは十四畳ほどだろうか。四人が眠るには十分な広さだ。

ごめん嘘言った。畳一枚の大きさとかもう覚えてません。まあ日本のまあまあな温泉旅館の二人部屋の客室くらいの広さはあると思う。多分。

貴族の娘が寝泊まりするには手狭だ。私物も全てこの部屋に収めないとならない。しかしここは王城の敷地内。侍女一人一人に衣装部屋など用意するわけにはいかない。

なので、宿舎には談話室や裁縫室など様々な目的の部屋があるし、細かいサイズに分けられた制服と寝間着、そして宿舎内で過ごすためのカジュアルな服がいつでも借りられるようになっている。

わがままは許されない。決められた風習に従うのも花嫁修業の一環だ。

夜会などでドレスを用意したいときは貸付金を出すので、王都にドレスを保管する場所を借りてくださいとなるそうだ。どこぞの不動産商会の臭いを感じる。

なおこの部屋は土足厳禁。

理由は、私は寝転がるのが好きだから。床には私が城下町から買ってきたカーペットが敷いてある。部屋の広さは有限だが、規則の範囲内で部屋を飾ることは住人の自由だ。ケージがあればペットを飼うことだってできる。

なお、扉の前には靴を脱いでの入室を促す張り紙。入口には、私とカヤ嬢が裁縫して作ったスリッパが何足か。この国の人には馴染みのない文化だろうが、私のごろ寝のために受け入れて貰うしかない。

いやはやしかし、パジャマパーティとは、私もすっかり女子としての生活に染まったものだ。冒険者時代は男社会だったので、みんなで集まって寝ると言ったらろくなものじゃなかった。宴会のあと酔ったままその場で雑魚寝したり、魔物や怪獣が跋扈する深い森での野営だったりそんなものだ。

侍女という職業についた以上は、女の子女の子した生活を今後も続けることにはなるだろうけれども。

「しかしこの分布はどうしたものだろうね」

「分布ですか？」

私の言葉に首を傾げるククル。

私はそんなククルを指さして言う。

「十四歳。領主のお嬢様」

次にカヤ嬢を指さす。

「十五歳。領主のお嬢様」

そしてカーリン。彼女の年齢は、彼女の父ゼリンの話から年齢逆算できる。

「十一歳。豪商のお嬢様」

そして最後に私。

「……二十九歳。なんなのこれ場違いすぎるよ、私」

「いいではないですか。永遠の少女ですし、キリンさんは」

そうカヤ嬢はフォローしてくれるが、ククルとカーリンは苦笑。

そりゃ苦笑もするさ。二人はかつて、何年間も私のことを年上の存在として見ていたのだろうから。カーリンについては年上と見られているか推測でしかないけれど。

年齢分布だけで言うなら、私の代わりに侍女長を配置しても同じ状況になるのだ。侍女長がパジャマパーティに乗ってくれるかどうかは判らないけれど。いや、乗ってくれるか。あの人、一児の母ながらなかなかにノリが良い。

なお、今回のメンバーには、下女のカーリンが交ざっている。元々が彼女について話をしようとして始めた集まりなのだ。

四人という所帯で影に埋もれないよう、カーリンにはその特有の体質を打ち消すために、『注目』という幻影魔法を掛けてある。

初歩の初歩の魔法で、満員状態の酒場の中で店員さんに向けて自分の声を通らせたり、数十人規模の人を対象に教師が講義を行うときなどに使う。カーリンにこの魔法を覚えることをお勧めしたが断られた。いいのかい？　後悔しないかい？　絶対後悔すると思うよ。

ちなみにカーリンは下女なので、本来寝泊まりするための下女宿舎が王城内にある。

王宮勤務の官僚や執務の補助を任される上級侍女など位が高い場合は王都の自宅などから通う者もいるが、一般侍女や下女、小姓、下男などの使用人、長期雇用の工員などは王城の敷地内にある何らかの建物に宿泊している。

城の人の出入りを減らすための警備上の都合だ。

王城には強固な外壁があるが、王城の中では王宮にもまた強固な魔法結界がある。そのため、どこに誰がいるかさえ把握できていれば王宮の外の王城敷地内で人が生活する分には、それほど大きな問題はないのだ。工作員を外から新たに招くのが一番よろしくない。

そういうわけで、ククルとカヤ嬢の二人はパジャマパーティの開催を決めると、ものすごい勢いと速さで下女の宿舎と侍女の宿舎長にカーリンの侍女宿舎への宿泊申請を出した。

王宮の高官が急に寝泊まりをする場所を変えるとあれば、大事になる。が、元々王城の外周付近の宿舎内に住まう侍女や下女の一人が宿舎を一日変えたところで、警備への負担はさほど増えない。

増えないのか？　本当か？　今、王城は、スパイを取り締まる厳重態勢だと聞いているぞ？　私が前に壁にへばりついた忍者を吹き飛ばしてからだ。まあ申請がスムーズに通ったなら、私の考えることではないか。

しかしパジャマパーティか。女子会に並んで、前世の私からすると想像も出来ない催しだ。確かに、そんなものが存在すると昔ククルに話したけれどもさあ。

前世では三十歳超えているのに〝女子〟会とか……などとテレビで見るたび嘲笑《あざわら》っていたのに、実際アラサー女子（永遠の幼女と読む）の自分が女子会だよ。いやパジャマパーティか。

ちなみに、女子とは女の子という意味ではなくて女性全般を指す言葉だと、前世の女子の親友に怒られたことがある。スポーツで女子シングルスとか言うものな。

「パジャマで集まるとこう、わくわくしてきますね」

カーペットの上に敷物を用意しながらカヤ嬢は言う。床の上で飲み食いするための敷物である。

「でしょうでしょう。お姉様に聞いて一度やりたいと思ってましたの！」

クッションを胸に抱えて転げ回りながらククルが言う。

ああ、こんなにはしゃぐククルを見るのは何年ぶりだろうか。

「普段はなかなかできないね。基本、寝間着姿で部屋の外を歩き回るのはいけないことらしいから」

とは言っても部屋にトイレがあるわけでもないので、夜中に用を足すときは寝間着姿でも可だ。だから規則というわけでもなく、口で交わされるマナー程度のものだ。それでもカヤ嬢が夜中に寝間着で出歩いたり、寝間着のククルが部屋に訪ねてきたりしたのを見たことはない。

行儀の良いお嬢様方だ。

「カーリンはどう？　堅苦しくならなくていいのよ、ここには私達しかいないのだし」

カーリンにお酒のグラスを渡しながらカヤ嬢が言った。この国で飲酒が認められるのは十二歳からだ。誰だ、カヤ嬢の行儀がいいと言ったのは。

そういえばカヤ嬢はカーリンと前々から親しい様子だったなぁ。私とカーリンが王城で知り合ったのは、カヤ嬢とは関係ないところだったのだが。

「ええと、そもそもこの寝間着が着慣れないっす……。いいのかな、こんないい物着て……」

カーリンが着ている寝間着は、私やククル達が着ているものと同じで、この侍女の宿舎で用意されるものだ。先ほども述べたとおり、王城内や宿舎内で着る物は全て宿舎側が用意してくれる。

「とてもお似合いですわ。それにそもそもこのパジャマは、ティニク商会が用意したものですの」

カーリンに笑いかけるククル。ちなみにティニク商会とはカーリンの実家だ。

「え、うちですか？　娯楽品でもないのに？」

「確かに私の家のバガルポカル方面だと、世界向けの娯楽品を扱っていることが多いですわね」

そう話しながらククルは私の荷物から、お酒のつまみやお菓子を勝手知ったるなんとやらのごとく次々と取り出していく。

確かに塩気のあるおつまみは休みのときに城下町から補給するようにしたけどさあ！　同室のカヤ嬢でもあるまいし、なんでそんなに物の配置を把握しているの、この姪っ子ちゃんは。

「でも王都のお店は高級品なら何でも扱っていますの。特にこういった衣料品には強いですわ」

「そうだったんですか。自分の家なのに知らないと恥ずかしいっすね……」

「君の父は、家長候補以外の者には家のことに関わらせない方針だから、知らなくても仕方ないさ」

まあよくあることである。慰めるように彼女のグラスに梅酒を注いでやる。

ああ、今年の梅酒はどうするかなぁ。正確にはケーリ果実を氷砂糖で長期間漬けた酒だが、手順は梅酒と同じ。今月がケーリの果実が実る時期なので、漬けたものをどこかに保存しておきたいのだ。

塔まで戻るか？　でも侍女生活を続けるのだからこの部屋の戸棚でもいいか？

「ちなみにこのパジャマに使われているスパイダーシルクは、ティニク商会の独占品で他では見られないもの、らしいの」

「あらククルさん詳しいですのね」

「ティニク商会は我が家の領地発の世界的商会ですから」

世界的商会かぁ。もう世界中を旅することがなくなったから、この国で手に入りにくい干物とかはゼリンに発注して取り寄せてもらうのもいいな。

ああ、世界の旅と言えば。

「そうそう、スパイダーシルク。私がティニクのところのゼリンに教えたものだった、そういえば」

「え、キリン様が父さんにですか？」

「ああ、やつからは何か面白そうな商材があれば、教えてくれと言われていたからな」

あれはいつだったか。この国で氷の巨獣退治を請け負っていた頃、戦いで後れを取って巨獣から氷の吐息をくらってしまったことがあった。

巨獣は何とか退治したものの、巨獣の影響で周囲はまるで氷の国。身体も吐息を受けたせいで体温が急低下。おまけに人里からはずいぶんと離れていた。

魔法の火で暖を取るも身体の芯は冷えたまま。毛皮にでもくるまって眠りたいところだったが、私と巨獣の戦いで賢い獣は皆逃げていた。

そんなとき発見したのが、氷蜘蛛の巣だった。

氷蜘蛛はこの国にいないはずの寒冷地に住む肉食性の蜘蛛で、自分より小さな獲物しか食べず人間には害のない種類の大型の虫だ。サイズは成人した人間の頭くらいである。

この世界では、親となる者が居なくても環境さえ合っていれば、世界樹が直接動植物を生み出すことがある。陸の上にあるあらゆるものは世界樹の枝が咲かせる花であり芽吹く葉なのだ。

氷蜘蛛は付近で暴れ回る氷の巨獣の影響で一時的に発生したのだろう。巨獣自体も三匹しかいなかったので、同じように世界から直接産み落とされたものだったのだろう。

糸でできた氷蜘蛛の巣に触れてみると、粘つかない。しかもなんと冷たくない。氷蜘蛛は直接得物に襲いかかるタイプの蜘蛛で、糸はあくまで住居を作るためのもの。そして巣を冷たく保つために糸は断熱性に優れた素材なのだと推測できた。

そこで、私は魔法で周りにいた氷蜘蛛を操り、糸を吐かせた。そして雪のかまくらのような糸の住処《すみか》を作らせた私は、魔法の火で暖まりながらその中で一晩過ごした。

氷の巨獣達が死んだことで、生息に必要な環境を失うであろう氷蜘蛛。私は魔法で操った十数匹の蜘蛛達を魔女の塔まで連れ帰り、人工的に用意した環境で彼らを飼育した。蜘蛛糸は細くきめ細やかで魔法の織物を作るのにとても役立った。

「人を襲わないので家畜化が容易だと思ったから、その後ゼリンのやつに売ったんだ。毎年相当の額がそのときの契約金として送られてくるから、スパイダーシルクは結構な人気の織物になったみたいだ」

何せ本来なら、寒い枝葉の国でしか生産できない糸なのだ。

肌触りは前世の絹に近く、高級感たっぷりである。そして断熱性に優れているため防寒具として使える。暑い季節には使いにくいが、そこは糸の織り方の工夫でまた違ってくる。

「はあー、そんな取引が父さんとの間に。家でそんな蜘蛛なんて見たことないですけど」

糸よりも、蜘蛛に興味ありげなカーリンである。

「魔法で作った氷室《ひむろ》じゃないと飼えないからね。蜘蛛にとって人間は体温が高すぎるのかなかなか寄ってこないけれど、こちらに害意がないとわかれば人懐っこくて可愛いやつだよ」

そんな蜘蛛への思いを受け入れられないのか、カヤ嬢は言う。

「私、蜘蛛って少し苦手ですの」

それでもスパイダーシルクの寝間着はちゃんと着ているあたり、カヤ嬢の中で蜘蛛と蜘蛛糸は別物として扱われているのだろう。

可愛いんだけどな、蜘蛛。特にべたべたした糸を吐かないやつ。

蜘蛛は基本的に、人間に害のある虫を食べてくれる益虫だ。前世でも学生時代、一人暮らししていたアパートにアシダカグモが住み着いていた。物音にすぐ怯える小心者なところが可愛くて仕方なかった。

「蜘蛛、可愛いんだがなぁ……」

「それよりもキリンお姉様、スパイダーシルクのパジャマを着たカーリンさんの方が可愛らしいですわ」

きゃーっとカーリンに抱きつきながらククルが言う。

まだ酒も回ってないのに何をしているんだ、この娘は。もしかして、自分より小さい子を抱きしめるのが好きなのかククルは。私はよく抱きつかれるのにカヤ嬢（一歳年上、巨乳）にはそんなことしないし。

「確かに可愛らしいわねぇ。この短い髪も侍女ではあまり見ないから新鮮よね」

ククルの腕の中にいるカーリンの髪を手櫛ですきながらカヤ嬢も話に乗ってくる。カーリンはエメラルドグリーンに輝く髪をセミショートにしている。

「さ、お姉様」

何かを期待するかのようにククルが私を促してくる。

もう何だ。乗らなければ駄目なのか。

「……ああ、寝間着、よく似合っているよ」

「ですって。きゃー」

「あ、ありがとうございます」

ククルの腕の中でぺこりとお辞儀してくるカーリン。

きゃーじゃないよ、ククル。まあ、まあまあ、じゃないよカヤ嬢何が嬉しいんだよ。

何この私のホスト的な役割は。

まあ他人行儀じゃ、場が始まらないのもわかるけれどもさあ。

そもそもが、寝間着姿で一緒に夜を過ごすほど仲の良い友人達によって行われるのが、本来のパジャマパーティなわけだ。

それにしてもカーリンよりククルとカヤ嬢の方が、この状況にすんなり馴染んでいるのが面白いな。

寝間着で一室に集まるというのは、領地が離れていたり、王都で隣の屋敷と距離が離れていたりする貴族には馴染みが薄いだろう。

前世では単語くらいしかまともに知り得なかったが、やはり気軽に一つの家に集まれる者同士で行うのが普通なのだろうか、パジャマパーティは。

そうするとパジャマパーティが流行る下地は、この国でも市井の一般女子ならあるだろうな。

「はいカーリンさん、あーん」

「あ、あーん」

ククルが自分お気に入りのチーズを手ずから食べさせようとしている。

ふむん。

やはりこういうもののブームは、雑誌などの広報が広めることによって作られるのだろう。

そういう意味ではパジャマパーティ――複数の友人を集めてのお泊まり会という概念自体、この国には存在しない可能性も高い。

広報の媒体と言えば、娯楽として私がゼリンに教えた漫画文化が広まってきている。やつの商才は恐ろしい。

ただ、印刷技術の問題でまだ割高。紙の質が高い単行本は、成人男性一人の給料一日分程度の価格はする。

安い粗悪な紙とインクで印刷される少女向けの娯楽漫画や娯楽雑誌に、パジャマパーティについて載れば流行るだろうか。いや、流行るな。ティニク商会のゼリンとはそういう男だ。

と、なんで楽しいパーティで私は小難しいことを考えているんだ。

しかし、だ。

「実際、パジャマパーティって何をすればいいのだろうね」

「ええー、パジャマパーティのネタ元はキリンお姉様ですよ？」

「私はククルさんから初めて聞きましたわ」

「私、商家の娘なので貴族の風習はそこまで詳しくないです」

「いや、貴族より市民向けの文化だと思うがね……」

パジャマパーティ。前世男の私が知るのは、まず夜女子達が集まってパジャマに着替える（ここは合っている。アラサーも女子に含まれるところまで合ってる）。

スナック菓子やジュースを広げたりする（目の前に広がるのは、どう見ても酒とおつまみばかりである）。

夜の仲間内でしかできない噂話や遊びで盛り上がる（ここが不明。遊びはトレカがあるが前世の女子はやりそうにない。巨獣退治と蜘蛛の家畜化も女子がしそうな話ではない）。

「まあまあ、年若い女子が四人も集まってする話と言えば――」

「年若いに私も含めていいのか」

一応カヤ嬢にツッコミを入れておく。

年配の人からすると二十九などまだまだ若造だろうが、カヤ嬢達からすると立派なおばさんだ。

「話と言えば――もちろん恋バナですわ！」

こ、恋バナかぁー。

いやいや、そもそもこの集まりはカーリンの恋について話し合う場だった、そういえば。

会話でもりあがっている間に、頭から抜け出ていた。

「もちろん、キリンさんの恋の話ですわね」

「なぜそうなる。カーリンの恋の話だ」

「つまりキリンさんにまつわる、恋の三角関係の話ってことですわね！」

もうこの娘は……。

青の騎士団長のところに収まれば大人しくなるのかなぁ、これ。

親戚の婚姻話にものすごく絡んでくるおばちゃんに将来なりそうで怖いぞ。

「キリンお姉様は、私の目が黒いうちはお嫁にやりません！」

ククル、私か腕の中のカーリンかどっちかにしなさい。

◆◇◆◇◆

私を含む侍女三人に囲まれながら、カーリンは語り始めた。

それは彼女とロリコン騎士、もとい緑の騎士団歩兵剣総長ヴォヴォの馴れ初め。

「その日は、朝から王城にある練兵場の整備をしていました。騎士団の方々が連れてきていた小姓の方達と一緒に、訓練の準備です。私は掃除下女ですけど、仕事の範囲には練兵場の整備も含まれるんです。重労働なうえに砂埃が付くので、みんな嫌がる仕事なんですけどね」

王城には狭いながらも練兵場が存在する。もちろん、本格的な訓練を行うには、王城の外にある広い敷地で行った方が良い。だが、王城でしかできないことというのもやはりあるのだ。

その日は、「王のもとをできるだけ離れたくないけど腕をなまらせたくはない」などという近衛騎士達のわがままで、近衛騎士と緑の騎士の合同訓練が行われる日だった。

緑の騎士団の騎士は決められた担当地域から移動する事が少ない。国中のあちらこちらを行ったり来たりする青の騎士団と比べると、近衛騎士団の訓練相手として都合が付きやすいのだろう。王都勤務の緑の騎士が練兵場で訓練するのはさほど珍しいことではないという。

カーリンは土を均《なら》すための道具を小姓のもとまで運んだり、汗拭き用の布を用意したり、水や盛り塩を用意したり、その日も黙々と仕事をこなしていた。

「親しい下女の人も、仕事に入ると私のこと見えなくなっちゃいますから」

慣れたものなのか、他人に認識されない状況を笑って済ませてしまうカーリンである。

しかし彼女にとって笑い事で済まないことが起きた。

訓練の集合時間のいくらか前。ぽつぽつと騎士達が集まってきたところで、チェック票を見ながら最終確認をしていた彼女に、声がかかった。

「ご苦労様」

そんな短い一言。しかし、仕事中に滅多に言われたことのない言葉を緑の鎧を着た騎士に言われたのだ。

彼女は、何も目立つことはしていなかった。下女として、当然の業務を行っていただけ。背景、バックグラウンドの一員として完全に埋没しており、視点を合わせることすら本来なら困難なはずだった。

酷く驚いたが、最終確認の途中でありその場は仕事を続けたという。

そして合同訓練開始。

その日は一日練兵場付きの仕事なので、訓練を眺めながら就業時間を過ごす。訓練中といえども下女の仕事がなくなるわけではない。

折れた木剣の代わりを用意したり、軽傷者を医療班のもとへと案内したり。そして、休憩に入ろうとする騎士に布や水などを渡したり。

カーリンが担当したのは、休憩する騎士への水などの受け渡し。騎士達は当然のように布を受け取り汗を拭い、盆の上にある水や塩を取った。下女のことを気にかけることはない。いや、カーリンがあまりにも空気然としているので存在を気にかけることができないのだ。

見えないでもなく、認識できないでもなく、意識を向けることができない。それが仕事中のカーリンである。……おそらく私でも気づけないだろう。私はあくまで鋭敏な感覚でもって気配の薄い彼女を把握できているのだ。そこにいて当然のような状況で背景に紛れられると、いくら感覚器官が発達していようともどうしようもないのだ。

そんな仕事を続けているうち、先ほど彼女に挨拶をした緑の騎士が、立ち合いを終えて下がってきた。

盆に水と盛り塩を載せ、綺麗な布を携えて騎士のもとに向かう。そして布を手渡した。

「これはどうも」

そう言って布で額の汗を拭う騎士。

次に水を渡すと、ぐいと一口飲んでからまた言う。

「おや、果実が絞ってありますねぇ。これは嬉しいなあ」

そして、汗を大いにかいたであろう騎士に盆の上の盛り塩を差し出すと。

「君はよく気が利きますね。ありがとう」

はっきりとカーリンの目を見ながら、礼を言った。確かに、物を渡すという具体的なアクションを取ると、反射的に礼を言う騎士達は居る。しかし、はっきりと彼女の存在を目で捉えながら言葉を放ったのは、この緑の騎士だけであった。

思わずうろたえてしまうカーリン。

「大丈夫かい？　今日は陽射しが強いから、待機中はちゃんと日陰に入っているんだよ」

どきーんと来た。らしい。心臓がばくばくいって、「はい」と一言返すだけで精一杯だった。らしい。

晩夏の季節——日本で言う真夏の時期であり、すわ日射病かとも一瞬勘違いしたというが、違った。

恋に落ちてしまったのだ。十一歳にしてカーリンの初恋だった。

これがカーリンと緑の騎士ヴゥヴォとの出会いである。今からおおよそ一ヶ月（約四十日）前のこと。

意外と最近だが、そもそも彼女は下女になって半年しか経っていないとのことだ。

カーリン視点で見ると、実家を出て一人王城で働き始め、仕事に慣れてきたところで恋をしたというわけである。

「はぁーすごいですねぇ」

腕の中からカーリンに抜け出され、綿の詰まったクッションを抱きかかえながら話を聞いていたククルが、そう感想を漏らす。

一方カヤ嬢はというと。

「運命ですわねぇ」

と、うっとりしていた。

運命か。なるほどね。

この世界でいう運命とは、世界によって決められる巡り合わせのことだ。

実際、この世界に運命は存在する。アカシックレコード的なすごいものではないが、世界樹には人と人の出会いを作り出す神の力があるのだ。例えば私のように『庭師』として認められた人間は、浄化すべき悪意に出会いやすくなったりする。

そしてカーリンはおそらくだが、特別な存在として産み落とされた魔人という人種なのだ。

「こういうことは乙女チックすぎて言うのが恥ずかしいのだが……なんとも運命めいた出会いだね、君にとっては」

初めて出会うイケメン騎士が、誰にも認められない自分を認めてくれた。まさに少女漫画の導入だ。

いや、少女漫画など片手で数えられるほどしか読んだ記憶はないのだけれども、それでも運命的だとは思った。女子三人の乙女的空気に当てられたともいう。

もし、ごく普通の下女がこれと同じ状況だったら、単なる一目惚れとして見ていただろう。しかし、誰にも認識されない娘がある日突然自分のことを見てくれる人に出会ったのだ。その娘視点で見ると運命的である。

そんな運命の出会いから一ヶ月も経たずに、相手が自分より幼い（ように見える）女相手に愛をささやく姿を見るはめになるとはなんとも。いや、幼い女って私なんだが、辛いだろうな。片思いってそういうものかもしれないが。

カーリンと私はもう友人と言ってもいい――と私が勝手に思っているので、一種の三角関係というやつだ。

そしてもう一つ感想。

緑の騎士の口調、私が知っているものとえらく違うな……。なぜだろうか。ロリコンだから十一歳少女のカーリンには優しくしたのだろうか。いやそれなら同じく外見少女の私にも同じ口調で接するはずだ。

あれかな。剣を捧げるとか言っているから私には格好つけているのか。なんだかあれだなぁ。あれって何だって話だがあれだなぁ。

「いいですわねぇ。いいですわねぇ」

こんなことを言うのは当然カヤ嬢だ。

「うらやましいのかい、カヤ嬢。君も騎士の許婚がいるが」

カヤ嬢には青の騎士団長セーリンという心から愛する許婚がいる。しかし、なぜカヤ嬢があいつにあそこまで惚れ込んでいるかは、聞いたことがなかった。

いや、正確には聞こうとしなかった、か。私はセーリンとも知り合いだから、知り合い同士の惚《のろ》気話《けばなし》を聞く気が起きなかったのだ。

しかしまあ、女同士のパジャマパーティで恋バナをしているのだから、ここで一つ聞くのも悪くない。

ちなみにセーリンやカーリンなど、「リン」と付く名前を持つ人が多いが、これはこの国でよくある名前の一つだ。「リン」は美しい子供という意味を持つ。私の名前のキリンのリンはこの国の命名則とは関係ないのだけど。

「うらやましいですわね」

私のうらやましいのかという言葉に、カヤ嬢がそう返す。

「セーリンのやつとは運命的な出会いではなかったのか。許婚というんだからおそらく親同士が勝手に決めたんだろうが」

「いいえ、違うのです」

ふるふると首を振るカヤ嬢。

「セーリン様とは十年来のお付き合いなのですが、その、許婚となったのも私が望んだことなのですが……その……」

なにやら言いよどむカヤ嬢。

しばしごにゃごにゃと言葉にならない声をつぶやいたところで、ククルがクッションを彼女に投げつけた。なにしてんの。

「言っちゃいなさいなカヤー。別にあれくらいー」

ククルのその言葉に観念したのか、投げつけられたクッションを腕に抱えながらカヤ嬢が語り始めた。

「あの方は領地を持たない上級騎士の家系で、お父上は私の実家の領地担当でいらっしゃる緑の地方騎士幹部なのです」

緑の騎士とは護国の騎士である。

この国の領主達は兵を持たない。さらには徴兵権を持たない。国が一括で専属の兵士を集め、黄の王国軍というものを組織する。

そして各領地に国が兵士達を常駐軍として配備する。その常駐軍を指揮するのが、緑の騎士団の地方幹部達なのである。

アルイブキラは飽食の国だ。この国の土地の下にある世界樹の枝は、金属や岩塩などの鉱物資源を実らせない。

その代わり、栄養豊かな土を生み出し、また鉱物で土壌を汚染することもない。すなわち農業に適した土地が広大に広がる、農業大国なのだ。

食料が豊富で安い。常備軍を作っても農民が不足するということはない。他国への食料輸出で、鉱物資源不足といえど国庫は豊かだ。

そういうわけで、常備軍は常備の名の通り、常に兵士がいる軍隊として機能している。

地方幹部の緑の騎士も、各領の駐屯地に一年中滞在して軍を管理するというわけだ。

この場合、カヤ嬢の実家アラハラレ領の地方軍担当の幹部騎士が、青の騎士団長の父親というわけである。この国における貴族の定義は、領地を持つことではなく国の管理する貴族称号名簿に名が載るかだ。

「私の家はあの方の家と家族ぐるみの付き合いでして、私が幼い頃はあの方と一緒に時間を過ごしていたのです」

幼馴染みというやつか。王道だなぁ。

幼い頃を一緒に過ごした、か。私が青のやつと初めて会ったのは北の飛竜退治のときだ。

王国からは青の騎士団、赤の宮廷魔法師団、そして私と王太子——現在の国王が次期近衛騎士として集めていた一癖も二癖もある騎士見習い達が出ていた。その王国側の総指揮をしたのが青の騎士団副騎士団長セーリンだったのだ。

飛竜退治が行われたのは七年前。その当時から副団長だったということは、青の騎士団就任前でアラハラレ領にて幼いカヤ嬢と過ごせた時期というのは、相当短いものだったのではないだろうか。青の騎士というのは国中を飛び回り、ひとところに腰を落ち着けられない役割を持つ騎士だからだ。

「その頃、私はセーリン様のことをお兄様と呼んで、実の家族であるかのようにお慕いしておりました」

王道だなぁ。歳の差も十は確実にあるだろうし。

「そして、ある日言ったのです。『お兄様は恋人いないの？　じゃあ私が大きくなったらお嫁さんになってあげる』と」

思わず手で顔を覆ってしまうカヤ嬢。これは恥ずかしさとはまた違うようだ。

王道だ、これは王道なんだけど……。

「その当時の私に恋心はなかったのです。ただ親しい年頃の男性というのがあの方だけだったので、あんなことを言ったのでしょう……」

カヤ嬢の様子を見るに、幼い頃の約束とかいう甘酸っぱいものではないらしい。

子供の頃にありがちな他愛のない冗談というわけだ。

「セーリン様も『そうだな、カヤが大きくなったら頼むよ』と冗談で返してくれたのですが、私達の両親がそれを見ておりまして……」

本気にしたのか冗談なのか、許婚となったわけか。

うーん、王道でこれはまた良い話なんだけど、運命的ではないよな確かに。

「でも、そのあとは冗談じゃなくて本気で入れ込んでしまうのですよー、カヤは」

面白そうにククルが横から言った。

ククルとカヤ嬢は親友同士であり、二人の実家の仲も昔から良いようだ。ククルはカヤ嬢の恋の話について全て知っているのだろう。

「はい、あの方が従騎士から青の騎士となり疎遠になってから急に寂しくなって、共に過ごしていた時間をよく思い出すようになったのです。すると、どの姿を思い出してもあの方は素晴らしい方で、そして私の許婚なのです。そのことを考えると、もう、もう」

急にカヤ嬢がクッションをばっさばっさと床に叩きつけはじめた。

食べ物があるんだから埃を立てるのはやめなさい。

「遠距離恋愛で想いがつのっていったってことですねぇ」

カヤ嬢の奇行はスルーして、カーリンがうっとりと言う。遠距離恋愛っていうワードとシチュエーション好きそうだよな、こういう若い子って。実際自分がそうなるとなったら辛いだろうが、話として聞くのは別だ。

「で、セーリンのやつはカヤ嬢のことはどう思っているんだい？　許婚だから仕方ないとか言うようなら、私がカヤ嬢に代わって殴りに行っても良いが」

「キリンお姉様物騒です！　まあもしそうなら私も、何か文句を良いに言ったかもしれませんけれど」

もしそうなら、ということは違うということか。

「ええと、私の十二歳の誕生日にセーリン様がですね、言ってくださったのです。『青の騎士団長になった以上、一つの屋敷には留まれない。いずれ各地に家を買って国中を飛び回ることになるだろう。俺の妻となる者は一つの屋敷を守るのではなく、任務先の家でその日の帰りを待っていてもらいたいのだ。カヤ、俺に付いてきてくれるか？』って、もう、もうもう！」

牛のような声を出しながらカヤ嬢は、顔を真っ赤にしてクッションを抱えてごろごろと転がりだした。牛はこの世界にいないので鳴き声にはツッコめない。

いやー、しかし完全にプロポーズですねこれは。カヤ嬢がこうして侍女の花嫁修業をしているということは、セーリンは貴族用の家を複数買う資金繰り中ということかな。甲斐性の見せ所だ。

しかしあいつにこんな婚約者が居たとはねぇ。やつからは聞いたこともなかった。ああ、仕方ないか。異性の幼女など相手に、男が恋人自慢なんてするはずがないか。

とりあえずカヤ嬢がクールダウンするのを三人で待つ。

これ以上カヤ嬢に盛り上がられたら、他の部屋の侍女達にも迷惑だろうし。

「……ふう」

数分経ってカヤ嬢は水で薄めた酒を一口飲んで、ようやく落ち着いた。

その間に私とカーリンの聖句無しの高速カード対戦が、一セット終了している。私の惨敗である。

「私からはそういうことで、次、ククルさんのお話ですわね」

「え、私ですか？」

突然話題を振られてきょとんとするククル。

「ククルさんは侍女となってからというもの浮いた話がないのですよ」

こちらを見ながらカヤ嬢がそんなことを言う。

「侍女になる前はどうだったのでしょう。以前は私も年に数回会うくらいでしたので」

「昔か。特にこれといった話はないな。そも、バガルポカル侯からして娘は嫁にやらん！　って言うような親馬鹿だからな」

同意ですわ、とカヤ嬢も頷く。彼女から見てもやはりあいつは親馬鹿か……。

「キリン様とククル様って昔から親しいのですか？」

と、ここに事情を知らない子が一人。そうだカーリンは知らないか。

「カーリンも知っての通り、私はバガルポカル領を拠点に前職の活動をしていた。領の経営に関わる仕事や侯爵家の存続に関わる仕事もしていたから、ククルの実家とは昔から関わりが深いのだ。

それこそ、カヤ嬢の実家と青の騎士団長の実家のように」

「ということは、キリンお姉様のお嫁さんになってあげるー、とか言って……るわけないですよね」

「言ってません！」

即座に否定するククル。

でもね。私の記憶にはね。おねえさまとけっこんしたらどっちがおよめさんになるの？　という言葉がね。あるんですね。

しかし、私は優しいので心にしまっておくのである。

「まあククルさんにも、じきに素敵な出会いがあるでしょうね。何せ王城には様々な貴人がいらっしゃいますもの」

そうまとめるカヤ嬢をよそに、ククルがすっと私の横に来た。そして小声で耳打ちしてくる。

「お姉様が来てからというもの、カヤの興味がそちらにずれてくれて助かっていますわ」

「あー……」

カヤ嬢のあの恋愛妄想のメイン被害者だったというわけか。

「ほらそこ！」

カヤ嬢の急な声にびくんとするククル。

「キリンさん！　次はキリンさんですよ」

「いや、次ってなんだ。ああ、カーリンの好きな相手を略奪する気はないぞ」

「当然です。運命の出会いを邪魔してはなりませんわ」

あるぇー。前と言っていることが違うなぁ……。

「キリンさんがこうして侍女に転職したということは、以前のお仕事では素敵な出会いがなかったのでしょう。不思議なことに。となると王城で半月程度過ごしたくらいで、すぐに運命の人が現れるとは思えませんわ」

「そーですか」

「そもそもキリンさんが好きなのはどんなタイプなのでしょう?」

「好きな人から好きなタイプとは、急に俗な話題に変わったな……」

「でも気になりますわ」

「確かにお姉様からそういう話は聞いたことがないので気になります」

「魔人姫の好きなタイプですかー。気になります」

ここで意見が揃うのか……。

いや、好きなタイプと言われてもすごく困る。

「ううん……、カヤ嬢とカーリンの二人は知らないかもしれないけれどな……実は私には前世の記憶というものがある」

私の恋愛について考えるには、まずここから語らないといけない。

「あ、それは知ってます」

とカーリン。

「有名ですわね」

とカヤ嬢。

あれ、そうなのか。まあ隠してないし、結構な人に言ったことがある。

「カードを場に転生させるコストが特殊なので、『剛力の魔人』カードを持っている人は多かれ少なかれ知っていると思います」

先ほど私と対戦したカードデッキをいじりながらカーリンが補足した。

なるほどね。

そもそも、この世界において前世の記憶を持つというのはありえない事ではない。

そこでもう一つ二人に告白する。

「実はこの世界とは別の場所から転生した」

「別の場所……どこか遠い国ということですか?」

そうカーリンが質問を返してくるが、それは違う。

「いや、そもそもこの世界樹ではない別の世界、別の星からだ」

あ、とカヤ嬢は声をあげる。

「もしかして、聖典にある『大地神話』の惑星ですの?」

「惑星という意味では正解だけれど、『大地神話』に登場する惑星かというと、おそらくだけど違う」

私の答えに、首をひねるカヤ嬢とカーリンの二人。

ククルには昔から詳しく話してあるので、彼女は笑みを浮かべて二人を見ている。

私は二人にさらに説明を続けた。

「遠い空の向こうには無数の星がある。その中の一つかはわからないが、とある星の一つに前世の私は居た」

この国の夜空には星々が光らない。なので、二人は星と言われても想像しにくいかもしれない。

この世界は一本の大樹で出来ていて、枝の先に生える木の葉が一つ一つの陸地になっている。

この国のはるか上空にも枝や木の葉の陸地があるので、昼は人工の太陽、夜は人工の月が空に輝いている。全ては世界樹と『幹』の人々が擬似的に作りだしたもの。天候や季節も管理されて、再現されているにすぎない。

「でも、聖典には人の魂は死後、世界樹に取り込まれまた新しい魂となって生まれ変わると載っています」

そうカーリンが言う。聖典とは、世界樹教の聖典で、世界の成り立ちを説明しているものだ。

「世界樹がない『惑星』では死後の魂はどうなるのでしょう。キリン様のように遠い世界樹まではるばるやってくるのでしょうか」

「はは、それはないよ。まあその星それぞれが魂の管理をしているのではないかな。そもそも世界樹の魂管理の仕組み自体が、『大地神話』で滅んだ惑星の仕組みを模倣したものだ」

人の魂にはその人の人生の記録が全て収められている。そして死後の魂は全て世界樹へと還り、汚れや記憶をぬぐい去られて新しい命として生まれ変わる、と聖典では教えている。

前世の記憶持ちとは、その汚れ落としが抜けている存在だ。魔法の秘術には死後の魂を完全に保ち、前世の記憶を持って生まれ変わるというものがある。私の師である魔女も、前世の記憶を持って生まれ変わっているかもしれない。一緒に過ごした年数が少ないので人となりは把握できていないので、どうかは判らないが。

「私が別の世界から生まれ変わったのは、拝神火教の天界が絡んでいると思っている。まあ詳しく探求するつもりはないけれど」

拝神火教とは世界樹教とはまた違う火の神を祀る宗教だ。前世の拝火教とは関係ない。適当な日本語訳だ。実在の神を祀った宗教で、この世界樹には実際に天界という上位次元世界への門がある。

前世の自分の死因を考えると、その火の世界である天界が実に怪しそうだ。

前世の私が死ぬ前最期に言った言葉は、火を崇拝する邪教の狂信者を前にして友人に言った「ここは俺に任せて先に行け」だった。その後見事に殺されたが、個人的にはこれ以上ないほどの大往生だった。

「自分の出自を詳しく調べるつもりはないんですか？」

そうカーリンに言われるが。

「ないな。自分がなんのために生まれてきたかなんて哲学的なこと、そこまで大まじめに考えるかい？」

「うーん……」

私の問いにカーリンは唸る。十一歳の子供が考えるようなものではない。

「どうだいククル」

と、私は関係ありませんとばかりにチーズを食べていたククルに、話題を振ってみる。

十四歳。思春期と呼ばれるお年頃だ。自分の生まれてきた意味なんて、しょうもないことを考えてもいいお歳である。

「善に生きるために生まれてきた？」

「それは教会の教義だろう？　もっと個人的な話さ」

「……考えたこともありませんわ」

そう言ってグラスの酒をあおった。つまりはそういうことだ。なぜこの世界に生まれ変わったかなんて考えるのは。

と、そこでカヤ嬢が話題に乗ってきた。

「私には、ちゃんとその答えがありますわ」

「へえ」

ああ、これはカヤ嬢がろくな事言わないときの顔だ。

「私は、旦那様と幸せな家庭を築くために生まれてきたのです」

「あーはいはい」

そうだよ女子会だったよこれは。女子会というかパジャマパーティか。

「話を戻すと、異世界からそのまま魂が持ち込まれて浄化されなかったのか、前世の記憶が欠けるところ無くあるのだ。そして前世では男だった」

男だった。そう、男だったのだよ。

生きた年数はすでに女の方が長いけれどもベースとなる精神は男なのだ。

「あら、そうだったのですか」

「ええっ！　それは知りませんでした！」

軽く驚くカヤ嬢と、すごく驚くカーリン。

このカミングアウトに関しては、本当に様々な反応がある。

まあ普通ならありえない状況だ。画一的な反応など起きようもない、か。

「でも、そうですわね。人が転生して性別が変わるなんて、二分の一の確率でありますわね」

そうコメントするカヤ嬢に、ククルがうんうんと頷く。

彼女達も魂が浄化される前は、男だったのかもしれないわけだ。

そして一方カーリンだが、なにやらそわそわしたような雰囲気に変わっていた。

これは、あれかな。

「カーリン」

「あ、ひゃい？」

ひゃいって。

「寝間着姿でいるのに男が同室では気が気でないかな？」

「え、いや、そんな……はい……」

若い娘の反応としてはこれもまた当然のことかな。

「そう気にすることはないよ。もう女として二十九年生きてきたが、前にも言ったとおり、私は女性を好きになるような嗜好はないようだ」

「それを聞いて安心しました」

そう答えたのはカーリンじゃなくてカヤ嬢だった。

うん、安心って違う意味でだよねそれ。自分が狙われるとかそういう意味じゃなくて、恋愛話的な意味で男が好きなようで安心したって意味だよね。

でも違う。

「男でも女でもない曖昧な存在でこちらに生まれてこの方、他人に恋愛感情を抱いたことがないのだよ。二次性徴前に魔法で成長が止まったからか、性欲の類も湧いてこないし」

まあその原因は、魔法の成長停止とはまた違うのではないかと秘かに思っているけれど。太古の時代の魔法師達は、あらゆる欲を克服した仙人のような存在だったというし。

「つまりキリン様には好きなタイプすらないということですか」

そわそわが収まってきたカーリンが、そうまとめた。

その通りだ。

そして、カーリンはさらに続ける。

「誰も好きになれないってなんだか寂しいですね」

絶賛恋する乙女継続中の彼女から見れば、そう見えるのか。

「大丈夫ですわ。いずれ運命の人が現れて恋に落ちることは誰の目にも明らかですの」

そう言うのはカヤ嬢だ。うん、もうアラサーなのに運命の人とか逆にきついけどね。

「お姉様はそのままでいいんですよ」

ククル、いつまでも仲のいいままというわけにもいかないよ。いずれ君も誰かのもとに嫁いでいくんだ。……相手は誰だ！

いや、落ち着こう。ククルの父のようにはなるまい。

「恋愛という意味での好きはないが、人としてとか友としてとか、そういう意味での好きはあるから、そう寂しいということはないさ」

結婚だけが人の幸せじゃない。

っていかにも適齢期逃したアラサー女子が言いそうな台詞になるけども。

「寂しいといえば、好きな動物とかはいるのでペットを飼うのも悪くないと思うよ。まあ同室のカヤ嬢次第だが」

「ペットですか」

露骨な話題変更にも、ちゃんと相づちを打ってくれるカヤ嬢だった。

「動物は嫌いかい、カヤ嬢？」

「いえ、それなりに好きではありますけど、いずれセーリン様のところに嫁いだら各地を転々することを考えると……」

自分では飼えないということか。つまり私が飼う分には構わないと。

私も冒険者の頃は世界中を飛び回っていたから、拠点となる魔女の塔では何も飼っていなかった。死んだ魔女にも昔は使い魔的なものが居たが、今はいないと言っていたし。自分の死期を悟っていたからかな。そんなことを考えていると、カヤ嬢が問うてきた。

「キリンさんはどんな動物が好きですの？」

「そうだね、両の腕の中に収まるような大きさの、毛がもふもふとした哺乳類が好きかな」

「えー、もう少し大きい方が良いですよ、お姉様」

「ククルはそうだろうね」

ククルの実家には大型犬ほどのサイズの肉食獣が飼われている。

地球でいうと犬のボルゾイに似ているだろうか。ククルの父はそいつを引き連れて、よく鳥獣の狩猟を楽しんでいた。

ククルは狩猟よりも、もっぱら抱きつくのが好きだったようだが。

「腕に収まるというと、長毛ネズミとかですか？」

「うん、最大サイズのは悪くないね」

カーリンの言う毛長ネズミとは、イタチだとかオコジョだとかの胴と首が長い小動物をもっと毛深くしたような動物だ。

この世界のネズミは胴が長くて毛深いのがスタンダードである。そもそもネズミというのも私が勝手に日本語訳として当てているだけで、種としては根本的に異なるのだろう。

ちなみに毛長ネズミの最大サイズは、成人男性の靴ほどの大きさだ。ケージなしで室内飼いされることの多い愛玩動物である。この国は食料豊富なので、愛玩動物を飼う文化が特に発達していたりもする。

「そうだね、前世では猫が好きだった」

猫は可愛い。とにかく可愛い。そんな私の思いに、カヤ嬢が言葉を返す。

「ねこ、ですか。聞いたことありませんわ」

「そうだろうねえ。前世の世界にいた動物で、こっちの世界では見かけたことがない。水汲み桶ほどの大きさの毛のある動物だよ」

いいよなぁ猫。飼いたいなぁどこかにいないかなぁ。

そんなことを思っているときだ、カーリンが呟いた。

「ねこって動物どこかで聞いたことあります」

「本当かい!?」

私が知らないだけで、この世界のどこかに猫がいるのだろうか!?

……ああでも、日本語の『ねこ』そのままの名称で猫がいるわけがないから、ねこというだけの別の存在かな。

「うう、確かじゃないんすけど、どこかで聞いたことあるような1程度っす」

「ああうん、別にそこまで無理して聞いているわけじゃないから」

十中八九別物だろう、冷静に考えたら。

万が一、地球から辿り着いたとしても、猫が自分から日本語で「吾輩は猫である」なんて言うわけがない。

「別世界の動物ですか。どんな姿なのか気になりますわね」

「お姉様お姉様」

可愛いですよ?

「ん、なんだい?」

「ねこ出してくださいな、ねこ」

「出してとな?」

「昔、ねこを出してくれたことがありますわよね。ほら、魔法で」

「ああ、そうか」

そうか、そうだった。

本物は無理でも、幻影魔法を使って虚像の動物を出すことくらいはできるのだ。

ククルにはよく地球のものを魔法で見せてあげていたっけ。動物に限らず、飛行機だとか電車だとか自動車だとかもだ。文明を管理している道具協会が知ったら怒って飛んできそうな所業だが。

それはそれとして幻影魔法発動っと。

「みゃ」

鳴き声とともに幻の猫誕生。

白と黒の毛が混じったサバトラのアメリカンショートヘアーである。

「わあ」

幻影の猫の姿に、少女達の顔がほころんだ。

「可愛い！」

幻の猫にカーリンが突然抱きついた。しかし幻影魔法の猫なのですり抜けるのみだ。

ショックを受けたようにカーリンの表情が歪む。急に年齢相応の反応になったなぁ。

「触りたい……」

「まあ待ちたまえ。魔法で作った猫だから、触覚再現が難しいんだ。特定のポーズを取ったときしか触れない」

魔法の猫にふせのポーズを取らせる。このポーズの時のみ、幻影に触ることが可能になるのだ。

この世界では現実に存在しない動物だから、かなり苦労して触覚を再現してある。

「かーわーいーいー」

カーリン大喜びである。カヤ嬢とククルはその様子を微笑ましそうに見ている。

あれれ？　見ているだけでいいのかな？　触りたくない？　触りたくならない？

く、こやつら犬派か。

「じゃあ犬も出そう」

魔法で幻の犬を作り出す。白と茶の毛並みが美しい柴犬の成犬だ。

「あらあら、これは可愛らしいわねぇ」

カヤ嬢が撫でようとしたところですり抜ける。

「すまないね、触覚再現はしていないんだ」

主に愛の重さの違いで。

その言葉にショックを受けたのは、カヤ嬢ではなくククルだった。犬派ごめんね？

ああでも肉球だけは、この世界の動物を基に触覚再現完璧だ。

「これもキリンさんの前世の世界にいる動物ですか？」

「ああ、犬という動物だな。猫と並んで、広く愛玩動物として親しまれていた」

「興味深いですね。他にも出せるのかしら」

「姿だけならね。幻影だし場所も取らないので出してみようか」

犬猫の他にも、この世界で見かけたことのない動物をいくつか出してみる。

キツネにタヌキ、猪に豚。カヤ嬢のリクエストで鳥も出してみた。おや、カヤ嬢は鳥が好きなのかな。

さらにはカーリンから猫の数を増やすよう頼まれたり、ククルから様々な品種の犬をせがまれたりもした。

結局その後は幻影で前世の動物を再現するパーティになってしまって、次第に皆眠くなり床の上で就寝。カーリンの恋愛に対する仕掛けの話とか、ねこと呼ばれるこの世界の動物の話とかが、うやむやになってしまったのだった。

◆◇◆◇◆

一枚葉の大国アルイブキラ。その首都であり王室直轄領であるイブカル。その中枢には防壁に囲まれた城下町クーレンバレンカルが、栄華を誇っている。

イブカルおよび、クーレンバレンカルの主産物――すなわち世界樹の実りは、熱された水。天然温泉だ。

地中深くにある世界樹の枝から熱い地下水が絶えず生み出されており、城下町の人々はそれを掘り出して温泉として活用している。

この国に風呂文化があるのも、国の中心となる首都で温泉が湧き出しているからだ。

元日本人の私としては非常になじみ深い文化である。

城下町クーレンバレンカルには大通りがいくつかあり、そのいずれもが王城クーレンバレンの城門へと繋がっている。

大通りが城門に直通しているのは国防的な面で見て問題があるように見えるが、そこはしっかり魔術的な対策が取られているらしい。軍事機密なので内容は知らないが。

城門をくぐった王城の敷地内には、複数の施設が建てられている。

使用人の宿舎や近衛騎士の練兵場、薔薇のような花が年中咲き誇る植物園、若い国王の側室が多数住んでいるらしい後宮、我が師である魔女にも匹敵するような魔法師が在籍する魔法宮、そして国の頭脳部にして心臓部である王宮だ。

王城付き侍女である私の本日の業務内容。

城門をくぐった先にある登城控え室にて、案内人待ちのお客様への来客対応。お客様の入城許可が出るまで、お茶出しをしたり、話のお相手をするなどの給仕と応対をするお仕事だ。

侍女となってまだ一ヶ月が過ぎていない新米も新米な私。

本来なら先輩侍女について仕事内容を覚えるのが仕事なわけだが、そうも言っていられないほど現在王城は女官不足。今日は普段なら使われない予備の登城控え室を開け、私が給仕役として一人で任されているのだった。

現在王城は警戒態勢に入っている。

その契機は、以前私が壁をぶち抜いてスパイを捕まえたあの事件。

あの日を皮切りに王城、そして城下町では多数の忍者やスパイが捕まっている。そのことで直接動く警備の衛兵や憲兵、護国の緑の騎士。そして彼らだけでなく、王城で人が多数行き来することで下女や侍女などの下支えの者達も慌ただしく動き回っているのだった。

そんなわけで新米侍女ながら、決まった仕事がまだ割り振られていない私が、この拡充された登城控え室のヘルプ要員として割り当てられているわけである。

仕事内容は簡単。控え室に案内されたお客様が案内人に呼ばれるまでの間、失礼なことがないように接しつつ、相手が変なことをしでかさないよう監視するというもの。

本来部屋には侍女以外に衛兵が一人以上詰めているはずなのだが、人手不足なのでそれもなく私一人。明らかに私の前職を意識した配置である。

だがそれに私が異を唱えることはない。伝え聞く話では、侍女長は有能な人だ。部下の能力に応じた適切な人員配置をするのは上官として当然のことなのだ。

侍女長がいけると判断したなら実際私一人でもいけるのだろう。異は唱えませんですはい。

まあ、物騒な人が紛れ込まなければ、登城控え室での来客対応など平和なものである。

今日これまでに対応したのは、後宮向けの雑貨商人と植物園の荷運び業者の二組だけで、特に何事もなく退室していった。

雑貨商人にお茶を出したら、小さいのに偉いねと褒められて果実味飴を貰った。この程度なら禁止されている収賄には当たらないはず。うん、後で舐めよう。さすがに仕事中に口にするわけにはいかない。

そんな感じで見た目十歳程度の幼女ということで、お客様は気さくに話しかけてくれる。

うむ、この仕事は割と私に向いているかもしれない。前職でも見知らぬ人と会話する機会が多かったので、会話能力という点では劣っていないつもりだ。

この分だと、すごいお偉いさんがやってきても、退屈させて失礼になったりということはなさそうだ。多分。

敬語の使い方や礼儀作法などは、まだ怪しいところがあるのだけれど。

「ほう、蟻蜜漬けかね」

「はい、この季節はやはりケーリの蟻蜜漬けですね。漬けたてなら一季は保ちますので、国をまたぐお土産に最適です」

本日三組目。隣国の貿易商人だという壮年の紳士二人組である。イブカルへ来るのは初めてということで、お土産に相応しい王都周辺の特産品を紹介している最中である。

ちなみにこの隣国とは、城へ忍者を放ってきた例の国のことではない。

この国アルイブキラは、世界樹の枝から生える葉の大陸まるまる一つを国土とする国である。なので、直接国境を接する国はない。

ただ、アルイブキラの近くにもう一つ、同じ世界樹の枝から生える別の葉の大陸が存在している。その大陸の端っこの方に国境を持つ国の一つがこの交易商人さんがやってきた国だ。この国とはここ十数年で交易が急に盛んになってきている。

この貿易商人さんはその国に許可を受けた業者さん、すなわち一種の国の代表者である、と事前に閲覧した書類に書いてあった。

突発的な来城でない限り予定がしっかり組まれているので、私のような末端の給仕も来客対応用の資料としてお客様の簡素なプロフィールが閲覧できる。なんて新米侍女に優しい環境なんだろうか。

「これからの季節はケーリの実が漬けられますが、季節によって漬ける実が変わるのが特徴ですね。お酒を加えて保存期間を長くしたものも店頭に並んでいるので、是非ごらんになってください」

「そうだね。いやあ私は甘い物に目が無くてね。今から楽しみだよ」

「こらこら、少し控えろと医者に言われただろうに」

「たまにはいいだろうさ、たまには」

そんな紳士二人（一人にはお茶に蟻蜜をたっぷり入れて欲しいとリクエストされた）と談笑をしてしばし過ごした後、兵士が控え室にやってきて彼らを城内へと案内していった。

これから王宮へと入り、文官達と交易についての話し合いをするのだろう。

国の運営とか国際貿易とか私には想像の付かない分野だ。国々を旅するのは好きなのだけれど。

「ふう、午前の対応はここまでかな」

突発のお客もなく、午前の業務は終了。一度昼休憩を挟む。この国は一日三食だ。

宿舎での昼食を取り、歯を磨き、その場に居合わせた侍女同士で身だしなみの相互チェック。

よし、今日もキリンちゃん可愛い！　……何かやっていて空《むな》しくなるな。

さて、気合いを入れて控え室へ戻った私だが、午後はしばらくこの部屋への来客がいない。突発のお客がいなければ別だが……と。

「侍女さん、いいかな？」

案内の兵士さんが部屋へと顔を出してきた。

「はい、なんでしょうか」

「騎士様の登城があったからお通しするよ。はい、これ見てね」

そう言って兵士さんが私の前に紙を見せる。即日の登城申請書である。

私はそれにさっと目を通し、大丈夫ですと兵士さんを部屋から送り出した。

ほどなくして、登城控え室に見覚えのある顔がやってくる。話題の青年、緑の騎士ヴォヴォである。今日はもう一人、同じ緑の騎士を同伴しての登場だった。

彼らのような騎士の登城は商人達のように、事前通達があるわけではない。首都周辺勤務の騎士は王城が職場の一つのようなものだからだ。

さて、顔見知りの彼が、わざわざ私の居る控え室に来たのは偶然か？　まあ偶然だろう。

さすがにこの状況をカーリンが前のように仕組めるとは思えない。えいやと気合いを入れてみても、それらしい気配は感じ取れないし。

「どうぞお席に座ってお待ちください」

騎士ヴォヴォと、もう一人の騎士——登城申請書によると、緑の騎士団の副団長殿——を備え付けのソファに案内する。そして部屋に備え付けの設備を使って、茶を一杯淹れる。騎士の登城手続きは普通の来客と違って早いが、まあ茶の一杯飲むくらいの時間はあるだろう。

さて、騎士といえども登城手続き無しで入れないのが、王城という場所だ。この城はなかなか管理意識というのが高く、誰が城内にいるかをしっかり名簿で管理しているのだ。

私達のような王城勤務の女官だと使用人通用口からの登城になるのだが、普段外に所属している騎士だと、一般客と同じようにこの控え室で入城手続きを待つようだ。今は警戒態勢なのでスパイや忍者の成りすましに厳しくなっているのだろう。

「どうぞ」

花弁を乾燥させて作ったという茶葉から淹れた花茶をソファに座る二人へと出す。砂糖の代わりに、蜜蟻の巣から取れる蟻蜜の入ったビンを横に置くのも忘れずに。

「おお、姫に手ずから茶を振る舞っていただけるとは、感激です」

ロリコン騎士は平常運転。

「はは、そうか、君が剣を捧げ損なったというのは、この子のことか」

そう彼の横で笑う女性。緑の騎士団の副団長だというお方だが、見た限り三十歳前後、アラサー程度の若さにしか見えない。

緑の騎士は世襲が多いと言うが、この若さ、しかも体力に劣る女性で副団長ということは、すごい人なのだろうか。ちなみに前、私が参加した青と緑の騎士団の合同訓練では、この人のことは見ていない。

ロリコン騎士ヴォヴォと副団長は、ほぼ同じ格好をしている。白い騎士の制服の上に緑に塗装されたブレストプレート――胸鎧をつけている。腰には携帯用のショートソードを携えているようだ。一つ違いとして、副団長の胸鎧に刻まれている緑の騎士団の紋章が、騎士ヴォヴォのそれよりも豪勢な彫刻となっている。副団長の印なのだろうか。

しかしこの副団長、なんとも緑の鎧姿が非常に似合っている。騎士ヴォヴォとは年季というかオーラが違う。これこそ、緑の騎士の代表者たる風格か。

緑の騎士団の緑とは木の葉の緑。木の葉とは世界樹の枝から生える木の葉のこと。つまり今、私達が立っているこの大陸のこと。

この大陸にはアルイブキラ一国しかない。すなわち緑の騎士団とは、この国を一枚の木の葉の大陸として守り続ける護国の部隊なのだ。お飾りでも何でもない本物の騎士だ。副団長ともなれば確かに騎士としての風格も出るだろう。納得。

「竜退治のキリン殿だったか。君とは一度話したいと思っていてね」

「左様で御座いますか」

「はは、硬いね。まあ職務だから仕方ないか」

侍女のポーズで対応する私を笑って流す副団長殿。

さて、私と話してみたいとはどういうことだろう。また冒険者時代の話を聞きたいとかだろうか。

「君には、うちの若造が迷惑をかけているようだね」

だが、予想に反して出た話題は、隣にいる騎士ヴォヴァについてだった。

話題にされた隣の青年は苦笑して一人、花茶をすすっている。

副団長殿は語る。騎士ヴォヴァは入団した頃から騎士としての才覚を発揮していた。故に才能ある者として目をかけていて、今も王城に何度も同伴させることで、次期指導者としての教育をしている。

なるほど。よく王城の中で彼と鉢合わせしていたのは、そういうことか。騎士団の上級幹部でもないのに、緑の正騎士と王城で数日毎に遭遇するのが不思議だったのだ。

「王宮の者に迷惑をかけないよう、しっかり叱っているのだがなぁ」

そう言いながら騎士ヴォヴァの肩を叩く副団長殿だが。

「愛のためゆえ」

彼は一歩も引かないようだ。

うわあ……これはやっぱり、あれだなぁ。この前カーリンに提案した作戦を実行するときだ。名付けて恋のバイオレンス系トライアングル魔法大作戦！

「時にヴォヴォ様」

「なにかな！」

話の切れ目を狙って声をかけると、ものすごく嬉しそうに私に振り向いてくる騎士ヴォヴォ。そんなに名前を呼ばれるのが嬉しいか。

「以前、次の祝日に劇場のお誘いをいただきましたが……」

実は王宮での数回の遭遇の中で、そんな誘いを受けたことがあった。当然その場で即断ったが。

「！　そうか、来てくれるのかい。いやあ楽しみだ！」

気が早いよこの人。隣の副団長は何か呆れたような目で見ているぞ。

「いいえ、別の用事があるので、それに付き合って欲しいのです」

そんな私の適当な誘いに、騎士ヴォヴォは立ち上がり「喜んで！」と私の手を取った。なんだこれ。

「自分から誘うとは、意外と情熱家だったんだな」

苦笑しながら副団長が言う。いえいえ、それは誤解ですよ。

「いいえ、実は練兵場で、一日剣の相手をして欲しいのです」

騎士ヴォヴォをソファに（腕力で無理矢理）座らせながら私は言葉を続ける。

「私は『庭師』を辞め、侍女を終《つい》の仕事としましたが、それでも身体を弱らせるままにするわけにもいかないので、久しぶりに剣の訓練をしたいのです」

観劇ではなく訓練のお誘いだ。

色気も何も無いが、おそらく乗ってくるだろうと見ている。騎士ヴォヴォは私の戦う姿を見て惚れ込んだというのだから。

「侍女の身の上ですので、訓練にお付き合いいただける知り合いというのがいないのです。ヴォヴォ様をのぞいて」

「是非に」

即答する騎士ヴォヴォ。

ちょろい、ちょろいよ。そりゃあ断られるとは思っていなかったけれども。

一方、副団長はと言うとふむ、と少し考え込み、言った。

「剣の訓練がしたいならば、また騎士団の訓練に参加してはどうだね。前は仕事の都合で参加できなかったが、次があれば私も参加したい」

「いえ、あれは私の訓練方法とは違いすぎて、正直訓練にならないので自分のペースでやりたいのです」

「騎士団の訓練は駄目かね」

「私の戦い方は対人ではなく、対巨獣ですので」

両手を大きく広げて巨獣のポーズを取る。そう、ぶっちゃけ私は人間を相手にする戦いというのにさほど慣れてはいないのだ。『庭師』として、悪意を身に宿した野獣を浄化したり、人の生活を脅かす巨大な獣を打倒したりして身につけた蛮族の剣が私の戦い方だ。

一方、緑の騎士は他国の侵略を想定した対人の剣を身につける。巨獣や魔物退治も行うが、『庭師』と違って専門ではない。

私の説明に、なるほどと納得する副団長殿。騎士ヴォヴォは私と訓練できればそれでいいのだろう。口を挟んではこない。

「しかし、訓練なら近衛騎士の方がずっと相手になりそうだけどね。仮にも近隣国含めて最強を名乗っている奴らだ」

「いやあ、あの人達、今のスパイのごたごたが収まるまで、一日たりとも休み取るつもりは絶対無いですよ。陛下の崇拝者ですし」

そう言ったものの、これは嘘である。

一日たりとも休むつもりがないのも現国王の崇拝者というのも本当だが、私が頼めば稽古に付き合ってくれる人は何人かいるだろう。

何せ今の近衛騎士団の主要メンバーは、『庭師』駆け出し時代の私と王太子時代の現国王が王都でやんちゃしていた頃にかき集めた「ぼくたちのかんがえたさいきょうのきし」達で、私の友人達なのだから。

北の山の飛竜退治も一緒にやったし、『庭師』主催〝致命傷を負わせたら丸禿の刑〟国境チキチキ野盗退治という名の怪しい集団捕縛レースもやったし、私が『庭師』として『幹』の称号を得た後も、その特権をかざして勇者の援軍として遠い枝の国まで悪竜退治の遠征をやった。

最強の騎士の名に相応しく、対人戦闘という点では私より剣の腕が勝っている強者も何人かいる。

とはいえ、ここは騎士ヴォヴァを訓練に誘うのが主目的。

ぶっちゃけ私は訓練を年単位で行えなくても困りはしない。勘が鈍る程度で、肉体的には年中寝たきりでも魔女の秘術により一切筋力が落ちることがないのだ。逆にどれだけ鍛えても筋肉は付かないのだけれど。なお、太りはする。

「戦いから数ヶ月離れたと言っても、さすがに力加減をあやまってミンチにすることはないでしょうし、異国の武術の稽古に付き合うことはヴォヴァ様にとっても良い経験になると思うのですが……いかがでしょうか」

「ふむ、まあそもそも私が反対する理由はないな。しかしヴォヴァ、休日手当は出ないぞ」

「姫との休日のひとときに、給金など貰うわけにはまいりませんよ」

訓練だと言っているのに。私に打ちのめされて愛に目覚めた男の言うことは違うなぁ。少し作戦が成功するか、心配になってきたぞ。

「しかし異国の剣か。ふむ……」

再び考え込む副団長。

「面白そうなので私も午後から顔を出したいのだが、よろしいか？」

「ええもちろんです」

「そうかそうか、ではよろしくたのむぞ」

笑いながら私の肩を何度も叩く副団長。結構力強いけど、普段これを受けている騎士達は痛そうだな……。

ともあれ、これで恋のバイオレンス系トライアングル魔法大作戦の準備がおおよそ整った。

なお、案内役の新米兵士さんが控え室の入口で困ったように会話が終わるのを待っていたのは見なかったことにした。

◆◇◆◇◆

えー本日はお日柄も良く。という感じで迎えた祝日の天候は晴れ。

雲一つ無い快晴です。そもそも、この大陸の天候に曇りというものは存在しないけれど。雲という単語自体、この国の人々は知らないのではないだろうか。使用されている言語にはちゃんとあるけど、雲って単語。

どういうことかというと、この世界の現状は、惑星から脱出して衛星——月に着陸した樹木型宇宙船の甲板に人が住み着いていると言えるわけだ。月は惑星と違って大気などはない。全て宇宙船世界樹号が甲板の人々に日光の代わりや雨水の代わり、そして空気を用意してあげなければいけないのだ。

よって、天気はシンプル。晴天か雨天。嵐や台風など存在しないという、なんとも人が生きやすい環境なのだ。もちろん、嵐なんて代物を知っている人はこの世界にはちょっとだけしかいないのだ。そのちょっとだけの存在は、旧惑星から脱出して千年単位で生き続けている伝説の魔法師だとか、億年単位で生きている神獣だったりするわけだが。

世界の天気は世界の中枢『幹』の気象部が管理している。どの地域がいつ晴れて雨が降るかという予定は『幹』からその地域の管理者、すなわち国の王族へと伝えられ、国は国民に天気予定表を配布するというわけだ。

そして国の王族さんは年に何日か領地の天気の変更を『幹』へ融通してもらう特権を与えられている。『幹』の天候管理は優秀で、作物が日照りにあうことはまずない。ではどういうときに天気を融通してもらうかというと、国の定める祝日を晴天にしてもらうのだ。

国の定める祝日というのは祭りや催し物が行われることが多い。「休日」ではなく「祝日」。すなわち何かを祝う日のことである。

そんな祝日が、今日この日なのだ。

今日はケーリの日という祝日だ。ケーリとは梅を少し大きくしたような実をつける樹木のこと。青いままの果実は林檎《りんご》のように少し酸味のある爽やかな味。収穫後熟して赤黒くなると、蜜の混じった、とろけるような甘さになる。

王都ではこの時期、そのケーリの実を、花の蜜を集める蟻の巣から採取した蟻蜜と一緒にビンに詰めた、ケーリの蟻蜜漬けが日持ちのする特産品として売り出される。

そう、今この時期は国中でケーリの実の収穫が行われている。今日の祝日も、ケーリの収穫を祝って行われた村々の収穫祭が始まりとなっているのだ。

王城から城下町へと繰り出せば、商店街を中心にケーリの実を大々的に売り出すケーリ祭が開催されているのを目にすることだろう。

私もケーリと砂糖と向日葵麦の蒸留酒を買い込んで、梅酒の手順でケーリ砂糖酒を漬け込みたいところである。

しかしそんな華やかな祝日も、一日訓練で終える予定なのが悲しいところだ。

でもロリコンの魔の手から逃れるのと、カーリンの恋を成就させるためにも、今日この日を逃すわけにはいかない。何せ相手は近頃激務が重なっているという緑の騎士団の騎士さんなのだ。

天気はよし。季節は日本でいうところの秋。運動するには良い気温だ。

配役もよし。騎士ヴァヴォはすでに練兵場へとやってきており、カーリンも配置についている。

場所もよし。王城内の練兵場の予約は侍女長に相談したら簡単に取れた。近衛騎士達は祝日で休暇を取っているのだろう。

恋のバイオレンス系トライアングル魔法大作戦開始である！

「まずは柔軟から始めましょう」

騎士ヴォヴォに指示をしながら柔軟を始める。訓練前の柔軟は彼にとってはあまり馴染みがないだろう。騎士団ではせいぜいが、ラジオ体操的な軽いストレッチ程度が前準備のようだ。

だが、私は前世の日本で覚えた、本格的な柔軟体操を訓練前に徹底的にやる。そうした方が良いと日本人時代に聞いたことがあるようなないようなそんな気がするからだ。

あ、カーリン、彼の柔軟を手伝ってあげて。

うんそうそう背中をぐいーっと。

ん、私は大丈夫。十歳ボディが元だからヨガのポーズだって楽勝よ。

「よし、ここまで」

しっとり肌着が汗ばむ程度にじっくりと柔軟したところで、立ち上がる。

練兵場は芝生ではなく土が敷いてあるので、手でお尻を叩《はた》いて砂埃を落とす。あぁーなんか前世の小学校時代を思い出すわぁ。

「ではまず、十分程度立ち合いを行いましょうか」

用意しておいた木剣を手に取り、向かい合う。ちなみに私の木剣は特別製。衝撃吸収の魔法を重ねがけしており、殴っても怪我《けが》をしにくいスポンジ剣状態になっている。ただし魔人としての怪力を発揮した状態での打撃で怪我をしないかは、保証しかねます。

ちなみに十分と言ったがあくまで日本語訳。時間の単位が地球と同じということはない。

「行きます」

彼が構えを取ったところで、合図をして立ち合いを開始する。

彼の取った構えを見る。かつての合同訓練でも見た、二本の木剣を使う二刀流だ。

二刀流とは言っても、日本人が侍《さむらい》をイメージするあれとは違う。利き手には片手持ち用のショートソードサイズの木剣。逆の手には、防御を目的としているのであろう短剣サイズの木剣を持っている。

おそらく対人用の剣技の使い手なのだろう。盾ではなく短剣を防御に使う剣技は、人の数倍の体格を持つ巨獣相手には通用しない。

だがその構えは美しく洗練されていて、家屋サイズの巨獣であろうとも軽々と屠《ほふ》ってしまいそうな剣気を感じ取れる。

彼はただの正騎士ではない。何気に緑の騎士団の役職持ちなのだ。青の騎士団と違って強ければ偉くなれるというわけではないが、この国の騎士団は実力主義の傾向が強い。

幼い頃から戦いを学んだのだろう。二刀などという変則的な武器を使っているが、槍を持たせても棍《こん》を持たせても全て見事に扱ってみせるはずだ。武術の熟練者としての風格がそこにはある。

だが、それだけだ。

「覇ッ！」

勢いよく踏み込んで、なぎ払い。

私の取った、たったそれだけの行動で彼は吹き飛んだ。

「くっ……」

「立ってください。次！」

構えを取るのを見た瞬間、踏み込み木剣を振るう。再び倒れる騎士。

「次！」

構え。走る。側面へ回る。騎士は反応したが身体が追いついていない。突いて倒す。

「立ちなさい！　まだ三分と経っていないぞ！」

体術を交えず純粋な剣技で圧倒すること十分間。最初の立ち合いが終わった。

結局彼は一度も剣を振るうことすらできずに終わったのだった。

「座ってよし！」

合図と共に、崩れるように騎士ヴォヴォは地面へとへたりこんだ。

息は整っている。体力はまだまだ余っているようだ。だが、何もできずに終わったという、精神的なダメージが大きいのだろう。

「弱いな」

私の言葉に、目に見えて落ち込む騎士ヴォヴォ。だが違う。

「君が弱いのではない。騎士が弱いんだ」

ああ、そういえばテンション上がって敬語が取れてしまっている。これだから発声魔法は使いにくいんだ。

でもいいか。勤務時間外だし。

「正直に言うと、この国の騎士は弱い！　例外は近衛騎士団くらいだ」

とりあえず言葉を続ける。ここからが今日の訓練（建前部分）の本題だ。

「前に私が参加した合同訓練を思い出して欲しい。私は剣技らしい剣技を青の騎士団長以外に使っていなかった」

そう。ずどーんどかーんずばーんと大雑把になぎ倒していた。繊細な技量の駆け引きなんて全くなかったのだ。

「騎士達は、確かに武器を扱う技術は悪くない。日々の修練に裏打ちされた素晴らしい剣だ。しかし皆、私に力負け、速度負けしてしまっているのだ。これは私が怪力の魔人だからというわけではない」

そこまで言うと、私はぐっと身体に力を込めた。身体の奥底、深い深いところにある何かを押し出すように力む。

すると、身体の表面から光り輝く空気のようなものが湧きだしてきた。

そう、これは闘気である！

英語で言うとオーラである！

「青の騎士と緑の騎士は闘気の扱いが未熟！」

闘気とは人間の持つ霊的——魂的な生命のエネルギーである。

生命力とでも言えばいいのか、肉体の奥底からひねり出すことのできる不思議パワーだ。

不思議とは言っても原理は解明されている。人は生まれるとき、そして死ぬとき、世界樹と魂のやりとりをする。魂を世界樹から与えられなければ、この世界に生きる人間は生まれてくることすらできない。生きている人間は、みな身体に魂を宿している。肉体に宿っている魂は、肉体をより良く動かそうとエネルギーを作り出す。それが闘気なのだ。

人間は他の生物より魂の力、闘気を作り出す力が優れている。世界樹が生命力溢れる生き物として人間を特別扱いして生み出してくれているからだ。そういう点を考えると、前世の地球に生きる地球人と、この世界樹に生きる世界樹人は似ているようで実は違う生き物なのだとわかる。

「どうして今の世代の騎士達はこんなにも闘気の扱いが未熟なのか、何故か解るかヴォヴォ君！」

「騎士レイが飛竜事変で討ち死にしたから、ですかね」

「うむ、遠因はそれだな」

騎士レイとはかつてこの国に存在した、闘気戦闘の達人である。

その特徴は、とにかく強い。

彼がどれくらい強いかというと、「強さ」のみで成り上がれる青の騎士団の現騎士団長、その彼より強い私のざっと五倍は強い。

騎士レイが生きている頃、ちょっとした縁で手合わせをしたが数秒で叩きのめされたことがある。

その強さはこの国だけでなく世界へと届いており、悪の化身を退治する人類最強の存在である「勇者」一行のパーティ入りをしても問題ないとまで言われていた。

そんな彼だが、その最期は竜との相打ちという壮絶なものであった。

七年前、世界樹が北の山に飛竜を生み出した。

その竜は二匹のつがいだった。そのうちの一匹が街を襲撃しようとしたときに、その場に居合わせた彼が一人で竜を撃退したのだ。そのすごさは、残ったもう一匹の竜と戦った私がよくわかっている。

あの竜達には再生能力があったのだ。それを彼は誰の助けも得ずに一人で殺しきってしまった。人間という生物が、手足や武器を使ってできることの範疇を超えている。闘気というものが、いかに奥深いかよくわかるエピソードである。

騎士レイは竜を殺したが、戦いの最中に負った傷は重く、魔法治療を行える魔法使いが近くにいなかったため無情にも命を落としてしまったという。

彼の下では多くの騎士や騎士見習い達が、闘気の使い方を学んでいた。彼は闘気戦闘技術――気功術の教導官的な立場だったのだ。

しかし彼の死から二年後。王太子が新国王となったばかりの頃、何があったのか、彼の教え子達はみな騎士を辞め「己の力を試す」と言い残して遠い新大陸の開拓者になってしまった。謎である。

こうして騎士レイの死をきっかけに、強力な闘気を使う騎士一派が一つ消えてしまったという過去がある。

「世代交代による訓練法の見直しで、気功術よりも武器を扱う技術が重要視された結果、武器全般を使いこなし極めるまで、気功術は最低限だけ身につければ良いという風潮が生まれてしまったのだ」

戦いの実力を重視する青の騎士団は新国王の体制に合わせ人事異動を行っていたが、騎士レイの一派の出奔により世代交代に失敗。緑の騎士は元々騎士の家による世襲制が多いため、優れた気功術の教導官の不足により騎士見習いや従騎士達が効率的な闘気の扱い方を学べず、若い世代に闘気使いが育たないという事態に陥ったのだった。

騎士は兵士と違い、貴族社会の出身者がほとんどだ。つまり絶対的な数が少ない。一度の世代交代でごっそり顔ぶれが変わるのも珍しくないと聞く。

さらには「気功術は貴族の武術」というこの国の風潮があるせいで、魔物と戦う『庭師』などの市井の実力者達も、闘気ではなく魔法戦闘ばかり覚えている始末。

結果、現状のこの国で気功術を万全に扱えるのは、すでに隠居を決め込んだ引退騎士ばかりという有様になってしまっているわけである。

騎士も魔法を使って戦えばいいかというと、それもまた違う。国に所属する戦闘員で魔法を使って戦う人材は、魔法宮という部署が一手に管理している。才能がものをいう魔法戦闘員は騎士よりも一段上のエリート官僚扱いだ。

「というわけで、本日は闘気の使い方、すなわち気功術を重点的に訓練する！」

騎士ヴォヴォに向けてそう宣言を行う。ちなみに私はそれなりに闘気を扱える。父から学んだ部族の戦いは闘気を使うものだったからだ。とはいえ生まれつき魔人として身体能力に優れており、魔女から受け継いだ魔法のほうが気功術より便利なので、さほど闘気の造詣は深くないが。

しかし、戦闘に魔法を用いない騎士は闘気が生命線だ。

私は以前、騎士ヴォヴォに言ったことがある。強くなりたいなら気功術を特に学べと。割と真っ当なアドバイスだったのだ。

騎士レイ一派がいないとはいえ、闘気を学ぶ方法はいくらでもあるだろう。今の騎士団が気功術より剣技を重視しているのは、指導者不足もあろうが、対人戦闘に役立つ剣技を重視する風潮が存在するのもあるのだろう。

闘気だけ使えても、身体能力が高いだけのバーバリアンになってしまうからなぁ。

十の闘気を扱える剣の素人と、十の剣技を扱える闘気の素人が戦うと、まず剣技の使い手が勝つ。しかし、闘気の習熟がある一定段階を越えると、途端に剣技の使い手が勝てなくなる。闘気の使い手が人間の範疇を超えた超人になるためだ。しかしほとんどの気功術の使い手がその一定段階を越えられない。なので多くの兵士を育てようとする場合、どうしても剣や槍などの一般的な武術を重点的に学ばせようとしてしまうのだ。

ただし、私の動きを目で追えるのに身体の動きが付いてこられていない彼には、闘気で身体を強くする技術が必要だ。

彼は歩兵剣総長。超人となることを期待されている人材である。

この国の騎士団が抱えている問題。それはまさに決戦兵器たる超人不足である。超人の一人である私からすると、この国の騎士は弱く見えるのだ。主観的じゃなくて客観的に他の国と比べた場合は？　さあ。この国が強いのではないかな。

「闘気とは、何か？　世界樹の加護により、植物の力を帯びた魂と肉体が作り出すパワーだ！」

腰に手を当てて、騎士ヴォヴォに向けて力説する。

世界樹人の秘密。魔法的な解析によると、人間は動物よりも植物に近い。闘気とは魂の作り出すエネルギー。魂の源は植物エネルギーなのだ。

「ヴォヴォ君、ぶっちゃけ君、肉ばっかり食ってるな！　肉食だな!?」

「あ、はい」

彼は首都圏勤務の騎士だ。首都圏近郊では、首都での消費を目的とした畜産業が盛んである。

都市郊外に牧場があり、そこでは子象ほどに大きな巨獣が、食肉目的で飼育されている。よく肥え太るように、穀物を混ぜた飼料を豊富に与えているらしい。

中世ファンタジー世界で食肉用に飼料を使って大型動物を育てるとは、なんと贅沢なことだろうか！　地球の中世時代の麦は、一粒から生産できる麦の粒の量が、現代とは比べものにならないほど少なかったという。

しかし、この世界は歴史で見ると地味にＳＦじみた時代である。農家が育てている作物の多くは、旧惑星で品種改良を受けたものの末裔であったりするらしい。

この世界の天候は完全に管理され日照りはなく、さらにこの国は世界樹の枝から生えてくる恵みが栄養豊富な土壌と水という農業大国。家畜を育てる飼料が作り放題の飽食の国なのであった。

首都に住む人は肉ばっかり食べている。美味しいからね、食肉専用に育てられた肉は。

逆に魚は川魚が少々、湖魚の干物がごくごく少量。海はそもそも世界に存在しない。

「騎士になってからは肉をよく食べますね。筋肉付けなければいけないですから」

「それがいけない。肉ばっかり食べるな！　野菜を食べろ！　温野菜じゃなくて生野菜だ！　サラダ野郎になれ！」

野菜は大事である。

別にビタミンがどうこう緑黄色野菜がどうこう言っているわけではない。

闘気は植物エネルギーなのだ。植物、すなわち野菜や果物をいっぱい食べることで、身体の魔法的属性をより植物に近づけて、闘気の生み出しやすい身体になるのだ。

サラダ野郎とは、『庭師』の間で闘気使いに付けられるあだ名の一つだったりする。

「闘気は生野菜を食べることで肉体に宿るのだ。近衛騎士団は毎朝山盛りのコボロッソの千切りを食べているぞ！」

コボロッソとはキャベツやレタスのような葉野菜だ。白菜ほどは肉厚ではない。

千切りにしたコボロッソに酢の利いたドレッシングを少々。それを毎朝モリモリ食べる。肉も好き嫌いせず食べる。

私が王太子時代の国王と一緒に近衛騎士団を作っていたときに教えた「闘気の使えるマッチョ騎士への道」の教えだ。最強の近衛騎士団は私が育てたって誇っても、文句は来ないと思う！

「この国は農業大国だ。いつでも容易に新鮮な野菜を手に入れられる。高級な塩漬け野菜などに頼る必要なんてないのだ」

感心したように頷く騎士ヴォヴォ。

彼もまさか訓練中に食生活の指導を受けるとは思っていなかっただろう。

「そういうわけで、本日の訓練中、水分補給は全て野菜ジュースで行う」

「え……」

さて、ここからが今日の本番だ。

「カーリンよろしく」

「は、はいっ！」

私に呼ばれて、カーリンがお盆を両手に持ちながらこちらへと歩いてくる。

お盆の上には、コップ一杯の野菜ジュースと、汗拭き布が載せられている。

カーリンが騎士ヴォヴォにコップを渡すと、彼はどうもとお礼を言ってぐいと勢いよく野菜ジュースを飲み干した。

今日は一日、カーリンにつきっきりでヴォヴォの世話をしてもらう。

なお、カーリンが渡した一杯目の野菜ジュースには、こっそり魔法薬を盛っている。

高位の魔法師が修行を行う際に飲む合法的な魔法薬だ。この王城の魔法宮の宮廷魔法師団でも、幹部魔法師が修練用に常備していると聞く。

繰り返し言う。これは合法薬である。

ただし、無断でこの薬を盛るのは合法かどうか非常に怪しい。しかし魔法薬を使って己を鍛えるのは、騎士でも役立つ修行法なのだ。わかってくれるかい？　わかってくれるね。

「さあ、いくぞ！　日が落ちるまで徹底的に訓練だ！」

魔法薬を用いた精神改造訓練、キリンズブートキャンプワンデイバージョン。私はこの手法で彼のようなロリコン『庭師』を改心させたことが何度もある。

ちなみにブートキャンプとは、前世の私が日本にいた最後の時期に流行していたダイエット法の名前からいただいた。

◆◇◆◇◆

訓練は続く。

練兵場はなかなか酷い有様になっていた。私のしごきに、騎士ヴォヴォが胃の中のものを何度も吐き出して、そこらの土が嘔吐物で汚れていた。

もちろん、吐いても野菜ジュースの摂取を止めさせることはしない。闘気を大量に消費するときに野菜を摂取することで、食物から植物の力を引き出しやすい体質になるのだ。理想的なサラダ野郎は一日五食サラダを食べる。

意外だったのが、騎士ヴァヴォのスタミナが相当あったことだろうか。闘気は完全にガス欠状態で少しもひねり出せないというのに、ノックアウト上等な立ち合いで何度も立ち上がってきたのだ。結果、長時間の休憩も少なくなりさらなる嘔吐が土を汚すことになった。

ああ、訓練終わったら私一人でここを掃除するのかぁ……。カーリン手伝ってくれるかな。

あ、駄目だ。好きな人の嘔吐物を嬉々として始末する、アブノーマルな性嗜好に目覚めかねない。

とにかく、この惨状の通り徹底的に訓練を課した。きっと今夜は血尿が出てげっそりしてくれることだろう。治療魔法は適時かけてあるが。

加減はしなかったので、きっと私への恋心は消えてなくなるはずだ。私のことを華やかな幼女剣士として見られなくなる。厳しい訓練を課す鬼教官として精神に刻み直されていることだろう。

そして魔法薬の効果が切れ正常に戻ったとき、彼は気づくのだ。

訓練の最中、甲斐甲斐しく自分のことを世話してくれた可愛らしい下女がいたことに。

時は夕刻に近づいている。昼食は取っていない。当然だ。薬が切れるまでそんな優しさを見せるわけにはいかない。そしてカーリンが彼の唯一の癒しなのだ。

「よーし休憩ー」

衝撃吸収の魔法がかかっている木剣で騎士ヴォヴォを空高く打ち上げ、小休止を入れる。

おっと、頭から落下してきたぞ。受け身も取れないのか。仕方ないので地面すれすれで蹴りを入れて、背中から落下するようにしてあげた。

「いやあ、遅れた遅れた。すまんね急に事件があってね」

休憩に入りカーリンから水を受け取っている最中、来客があった。

そうだ忘れていた。緑の騎士の副騎士団長さんが、午後から訓練を見に来るはずだったんだ。

時間はすでに訓練終了予定に近づいていた。用事が入って来られなくなったが、顔だけ見せに来てくれたのだろう。前に控え室で、祝日の訓練の後は飲みに行こうかなんて騎士ヴォヴォと話していた。

しかしごめんなさい。彼、今日はもう固形物食べられないと思います。

「おお、こりゃこってり絞られたなぁ」

練兵場の惨状を見ながら苦笑する副団長。

まあ苦笑もするだろう。嘔吐し続けて続ける訓練なんて、身体を壊すだけだ。こんなことを連日続けたら確実に壊れてしまう。

でもご安心ください。キリンズブートキャンプは地獄の苦しみを代償に、闘気の扱いが飛躍的に向上する実績ありです。魔法を戦闘に使うタイプの騎士さんでも安心。闘気の代わりに魔力の使い方をみっちりお教えできます。

「ほらほら起きろ。この程度、新兵訓練の頃に経験してるだろう」

地面に仰向けになって倒れている騎士ヴォヴォを無理矢理起こす副団長。彼女もなかなかスパルタだなぁ。

副団長に上体を起こされ座り込んでいる形の騎士ヴォヴォ。なにやらどこか意識がぼんやりしている様子。

おや、魔法薬が切れてきたな。

よしいけカーリン！　ゴー介護ゴー！

私の合図に、カーリンがてとてとと走り寄る。甲斐甲斐しく顔の汗を布で拭いてやり、そして私が飲むために用意していたはずの果実水を渡して、口に含ませてあげていた。

甲斐甲斐しいなぁカーリン。彼もここは野菜ジュースのようなこってり味ではなく、果実の混ぜられたさわやかな水が欲しかったところだろう。まあ果実にも植物の力は宿っているので、どろどろ野菜ジュースじゃなくて果実水でも問題ないんだよね。濃い方が良いのは確かだけれど。

あ、副団長、カーリンの存在にいまいち気づいていないからか、水を飲んでいる騎士ヴォヴォの背中をばんばんと叩いている。うん、やっぱり咳き込んだ。水飲んでいる最中にそういうことしちゃ駄目だね。

咳が止まり、大きく深呼吸を行った騎士ヴォヴォは、意識もはっきりしたようでげっそりとした顔に戻っている。様子を見るに、まだ体力は残っているようだ。時間終了まで鎧を着たままシャトルランでもしようかな。

ちなみに今日は私も胸鎧を着込んでいる。野菜ジュースと魔法薬以外は全て彼と同じ条件で訓練している。野菜ジュースを飲み続けるのはさすがに無理。幼女ボディだからすぐ胃がたぷたぷになってしまう。

「副団長」

「あん？」

地面に座り込みながら、何かを呟く騎士ヴォヴォ。

「どうして気づかなかったのでしょう……私は自分が恥ずかしい」

「何言ってんだお前」

「若さこそ美、強さこそ美、そんなのただのまやかしでしかなかった……」

本当に何を言っているんだ、という顔で呆れ返る副団長。

でも彼を見捨てないであげてください。彼は今、魔法薬を用いた修行から解放され、性というものに一つの区切りをつけているのです。一つの性癖というものに別れを告げているのです。

——そう、それが修練によって魔法使い達が到達する、真理の一つなのだ。そして残るのが性愛をそぎ落とした慈悲深い愛なのだ。頑張れカーリン。そこで笑顔を見せるんだ。

彼はロリコンという性癖から今解放された。でもすでに魔法薬の効果は切れている。カーリンの可愛らしさで再度彼をロリコンの道に引きずり込むんだ。戦う幼女ではなく、ご奉仕少女の性嗜好を植え付けるんだ！

「よし！」

私が心の中でロリータ下女カーリンに声援を送っていたところで、騎士ヴォヴォは気合いを入れるように声を上げて頬を両手で叩く。そして勢いよく立ち上がった。

立ち上がると同時に見事に足元がふらついていたが、見なかったことにしておこう。

「セトさん、続きをお願いします」

「おお、やる気出してるな」

私の呼び方がセト姫からセトさんに変わった。地獄の訓練の効果はあったのだろうか。

最後の最後、そんな彼の瞳には強い光が宿っていた。魔法薬の効果から解放され、果たして彼は何を見たのか。木剣を両手に持ち気合い十分といったところだ。

「では、最後だ。夕刻の鐘が鳴るまで、練兵場の外周を全力疾走。私が後ろから剣を持って追いかけるから、少しでも速度を緩めたら張り倒されると思え」

私が告げた最後のメニューに、彼の決意の顔はくしゃくしゃに歪んだ。

◆◇◆◇◆

その後、騎士ヴォヴォが私を口説いてくることはなくなった。

彼に飲ませた一杯目の野菜ジュースに盛った魔法薬。あれは一時的に性欲を破壊する薬だ。

上級魔法使いというのは古来、「性」という縛りから抜け出し、精神を仙人的な存在に作り替えることを至上としている存在なのだ。その「性」から抜け出すために、初歩段階であの魔法薬を用いた修行を行うのだ。

つまり彼は訓練の間、私のことを「女」として見ることができなくなっていた。

そんな状態で私が地獄のような訓練を彼に課したらどうなるか。

血反吐《ちへど》を吐き、血尿が出るような訓練の後に薬が切れたとして、彼は果たして私を前と同じように可憐な戦う幼女として見ることができるのか。苦しい訓練の記憶が思い起こさせられる私の姿が、姫に見えるか蛮族に見えるか。

ちなみに彼が万が一ドMだったとしても、薬の効果で性的なものに近い快感を得ることができないため、苦しみはそのまま苦しみとして味わうことになる。そしてそんな地獄の最中、彼は天使を見るのだ。甲斐甲斐しく世話を焼いてくれる美少女カーリンという天使を。

あの訓練の後も王城内で彼と幾度か会ったというカーリンが言うには、私への恋愛感情は彼の中から見事に抜け落ちたということだ。

私も一度彼と顔を合わせる機会があったが、彼が私を見る目には怯えのようなものが見事に宿っていた。

ただし、前とは違う純粋な敬意のような態度も混じっていたように感じる。あと毎朝山盛りのコボロッソを食べるようにしたとのこと。

ともあれ、彼の恋愛対象から私を外す、フラグ折り（物理）は無事に成功したようだった。祝日を一日潰した甲斐があったというものだ。

さて、ここでもう一つ後日談をしよう。

騎士ヴォヴォの保護者的な立場で二度私と顔を合わせた緑の騎士団の副団長。彼女は緑の騎士にありがちな地方騎士の家の出身だった。

彼女は一人っ子であったらしく、実家からは結婚、そして世継ぎを強く望まれていた。

職場は周りが男の騎士だらけで結婚も楽かと思いきや、仕事が順調すぎて功績を立てた結果、結婚適齢期には幹部の座に収まってしまっていた。そしていつのまにか副団長という地位に就いてしまい、なかなか恋人ができず歳も三十過ぎに。騎士社会は上下関係に厳しく、上司を恋愛対象として見られない男達ばかりだったのだ。

そんなこんなで、貴族の次男三男との見合い婚でもするかと思っている矢先のこと、可愛がって育てていたエリート幹部騎士が突然求婚してくるという事件が起こった。

これを好機と見た副団長は、幹部騎士の求婚を受け入れ、即座に婚約を発表した。

そして婚約の発表から十日も経たずに結婚式の日取りが決まったという。見事なくらいのスピード婚だった。

ちなみに、この副団長に結婚を申し込んだ幹部騎士というのが、緑の騎士団歩兵剣総長。私の地獄の訓練をくぐり抜けた騎士ヴォヴォである。

魔法薬としごきを用いて私を恋愛の対象から外し、解放されたところで新しい愛に目覚めさせる恋のバイオレンス系トライアングル魔法大作戦。失敗なのか成功なのか。

「まあ、一組のカップルの未来を作ったんだ。私の作戦も失敗じゃなかったってことかな」

新人侍女の一ヶ月間の研修が終わり、侍女宿舎の自室でお祝い会を開いているときのこと。カヤ嬢から話された騎士ヴォヴォの恋の結末を聞き、私はそうコメントを返した。

「どう考えても失敗ですよ！」

またもや侍女宿舎に入り込んでいるカーリンがツッコミを返してくる。

彼女の視点からすれば、甲斐甲斐しく世話を焼いていたところに、遅れてやってきた副団長に横からかっさらわれた形なわけだ。何あの泥棒猫！　って感じだろう。

まあしかしだね。

「私からすれば、彼につきまとわれなくなりさえすれば正直解決だったたから、問題なし的な？」

「問題おーおーあーりーでーすー！」

床を転がって手足をばたつかせるカーリン。

彼女もすっかり、この部屋の土足厳禁のスタイルに慣れたものだなぁ。

そんなお子様カーリンの様子を無視して、ククルが私達の話題に乗ってきた。

「でもなんで騎士さんは副団長さんを選んだのでしょう。作戦に穴がありすぎるのでカーリンさんを選ぶのはまずないとして」

「まずないってなんでですかー！」

今度はククルにツッコミを入れるカーリン。

今日のカーリンはツッコミが忙しいなぁ。まあ私達が、カーリンの失恋を弄《いじ》って遊んでいるだけだが。

「そこは私も気になるな。カヤ嬢知っているかい？」

「ええ勿論」

恋愛マイスターカヤ嬢はばっちり事情を知っているようだ。本当、この子の情報網はどうなっているのだろう。

カヤ嬢が語るには、騎士ヴォヴォは元々副団長に特別可愛がられていたらしい。次期副団長候補として育つよう、仕事や訓練を特別にあてがわれていた。確かに、登城控え室で副団長がそんなことを言っていたな。

だが、騎士ヴォヴォはその副団長の気づかいに気づかず、ただの一騎士として日々を過ごしていた。ただ、剣技の才能があり家柄も良かったためか、大きな苦労もすることなく歩兵剣総長にまで登り詰めることはできた。

だがある日、さる高名な人物から特別な訓練を受けることになった。

その訓練で、彼は様々なことを学び、気づかされた。過去を振り返り、副団長の日々の心遣いを知った彼は……副団長に恋をしてしまった。

実直な彼は、すぐさま副団長へ求婚した。そのときの彼の顔は、いっぱしの騎士の顔になっていたという。

「さる高名な人物とは、キリンさんのことですわね」

なんだそりゃ。

「訓練で様々なことを学び気づかされたって、要は私のしごきがきつくて副団長の普通の訓練が恋しくなったってだけだよな……」

そんな私の感想。

「自分に優しくしてくれる人に惚れたんだねー」

そんなククルの感想。

「私も訓練中いっぱいいっぱい優しくしましたよー……」

そんなカーリンの感想というか嘆き。

「そこはほら、年季の差ね」

嘆きに対するカヤ嬢のその言葉に、ショックを受けたように崩れるカーリン。

訓練中に優しくするだけではポイントが足りなかったか。まあ男が、みんながみんな、雑貨屋の美人店員さんに手渡しでお釣りを受け渡されて、一目惚れするような人間ばかりではないということだな。

作戦が甘かった。いやあすまないすまない。

……実はもう一つ、カーリンが恋破れた理由の予測が立っている。極限状態まで消耗した騎士ヴォヴォは、存在感の薄いカーリンのことを認識できなくなっていたのではないかと。肉体的な何らかの器官で彼女を認識していたならありえる話だ。まあ黙っておこう。

私を彼の恋愛対象から外したところで、皆平等よーいどんといけばカーリンにも勝機はあったのだろうけれどね。

「一目惚れも良いけれど、日々の思いの積み重ねによる恋はやはり素晴らしいものだと思うわ」

そんなカヤ嬢のコメントでその場はまとまったのだった。

「横恋慕はさすがに駄目ですかねー」

……まとまったことにしておこう。

下女カーリンと行く緑の騎士の結婚式

秋も深まってきたとある日の休日。私はククルとカヤ嬢、そして下女のカーリンと一緒に、四人で城下町に繰り出していた。

遊びに来た……わけではない。私達がやってきたのは、貸衣装屋だ。

「貸衣装で済ませるなど、残念で仕方ありませんわ」

貸衣装屋の前で、カヤ嬢がそんなことをぼやいた。表情は不満げだ。

「まあ、仕方ないさ。ここまで急だと、ドレスを仕立てる時間などない」

そんなカヤ嬢に、私はそう答えた。今日はここに、私用のドレスを借りにきた。

というのも、先日婚約が発表された騎士ヴォヴォと緑の騎士団の副団長の結婚式に、私が招待されたのだ。婚約発表も急なら、式の日取りも急だ。今からドレスを新たに仕立てる時間などない。

私は、貴族の結婚式に何度か出席した経験がある。だが、そのときの私は、貴族のドレスなど着てはいなかった。『庭師』という立場がそれを許した。しかし、今回の私は『庭師』などでなく、王城侍女の立場で結婚式に招かれている。高貴な者の一員として、ドレス着用から逃げることはできなかった。

私は意を決して貸衣装屋に入り、入口すぐの受付に一名分の衣装を借りたい旨を話した。

「身分や所在地を確認できるものは、何かお持ちでしょうか」

受付にそう言われた私は、王城で発行してもらった侍女の証明書と、『庭師』の免許を見せる。

「これは……」

『庭師』の免許を見た受付が、驚きの表情を浮かべた。まあ、『幹種第3類』の免許なんて見たら驚くよな。『庭師』の中でもごく一部の熟練者しか持てない、レア中のレア免許だ。これは身元を証明するのに、これ以上ない効力を持つのだ。たとえ驚かれようが、有効活用させてもらう。

驚愕の表情をさっと平常に戻した受付に、私は話しかける。

「これで問題ないかい？」

「……ええ、問題ありません。こちら、お返しします」

「今回は、騎士様の結婚式に着ていくドレスを用意してもらいたい。子供用のドレスになるのかな」

「了解いたしました。案内員を呼びますので、少々お待ちいただけますか」

そうして受付は店の奥に引っ込んでいった。

案内を待つ間、私は隣にいるカーリンへと話しかけることにした。

「カーリンはドレス、用意できているのかい？」

「はい。半年に一度はドレスを新調するようにしていますので」

そう。このカーリンも、騎士ヴォヴォの結婚式に呼ばれているのだ。カーリンはヴォヴォに自分の名前を明かしたことはないというが、どこからか彼女の素性を突き止めたのだろうか。

しかし、ドレスの新調が半年に一回か。確かに、彼女はまだ十一歳。成長期である。短い周期でドレスの買い換えは必要だろう。

「なるほど。さすがはティニク商会の娘だ」

カーリンの実家、ティニク商会は王都一の大商会だ。結婚式や晩餐会に呼ばれることも多いだろう。常日頃からドレスの用意は欠かしていないようだ。私とは大違いだな。

「カーリンさんのドレス姿を見られないのは残念ですね」

そう言うのはククルだ。ククルとカヤ嬢は騎士ヴォヴォと面識がないので、結婚式には呼ばれていない。カヤ嬢は青の騎士団長の許婚なのだが、騎士ヴォヴォは緑の騎士団の所属なので会ったことはないらしい。

そんな会話をしているうちに店員がやってきて、私達は店の奥へと通された。

広々とした個室だ。衣装は置かれていない。代わりに柔らかなソファとテーブルが用意されており、そこへ人数分のお茶が配られた。王城侍女の証明書が効いたのだろうか、完全に貴族に対する対応だな。私とカーリンは貴族ではないが。

「まずはお身体の寸法を測らせていただきます」

店員に促され私はソファから立ち上がる。すると、着衣のままの私に、店員がメジャーを当てた。そのまま、肩から足の先まで寸法を測られる。

「では、ドレスをご用意させていただきます」

すごいな。服を脱がずにドレスを着られるほど、詳細に寸法を測れるのか。

私は感心しながら着席し、お茶に手を付けた。ううむ、お茶には詳しくないが、美味しいお茶だな。

お茶を楽しんでいる間に、部屋へ複数の子供用ドレスが運び込まれる。そのドレスのデザインは……うーん、甘ロリとかいったか？　そんな感じのものばかりだ。

「もう少しおとなしめのデザインはないのか？」

そう私は店員に尋ねてみるが。

「お客様くらいの年齢ですと、このようなデザインが一般的ですね。大人風のデザインの子供用ドレスは、存在していないのではないでしょうか」

いやあ、私は見た目十歳以下でも、実年齢は二十九歳なのだがね……。

「いいではないですか、キリンお姉様。着てみましょう」

そのククルの一声で、私はドレスを試着することになった。

「きゃー、お姉様可愛らしいです！」

「私が可愛らしいと言われて、喜ぶように見えるかい」

「今のキリンさんは王城侍女、すなわち貴族の子女のようなものです。可愛らしいは最上の褒め言葉ですわよ」

カヤ嬢にもそんなことを言われる私。

「まあ似合っているなら別にいいが……。これでダンスを踊れとか言われたら困るけれどな」

カヤ嬢には前々からダンスを習えと言われているが、結局手を出していない。ま、壁の花になれば問題ないだろう、多分。義理で踊らなければいけないような相手もいないしな。

「主に男性騎士の方達が集まる、男女比率が偏った結婚式になるので、今回はダンス、ないそうですよ」

そうか。その情報どこから入手してきたんだ、カーリン。

「私がついていって見てあげられるといいのですが、ご招待されていませんからね。キリンさん、粗相のないようにするのですよ」

「お前は私のかーちゃんか。……大丈夫だ、カヤ嬢。今まで何度か貴族の結婚式には出たことがある」

「お父様とお母様の結婚式にも参加されたのですよね？」

横からククルがそう私に聞いてくる。

「そうだな。ゴアードとは、奴が侯爵になる前からの付き合いだ」

バガルポカルの侯爵領で悪人退治をしたときに、当時の侯爵閣下から感謝状を受け取った際にゴアードとは知り合った。ゴアードの結婚式は、なんというか「酒！」って感じの結婚式だった。

そうこうしているうちに一通りのドレスを試着し終わり、どれがいいか四人で激論を交わして、借りるドレスが決定した。

パステルカラーの水色の甘ロリドレスだ。ピンク色はなんとか固辞できた。

「ではこちらの衣装、王城に届ける形でよろしいでしょうか」

そう店員に尋ねられるが、私は首を横に振った。

「いや、直接持って帰るよ。貴重品も運べる」

そう言いながら、私は魔法を発動した。私の横に、空間の歪みが発生し、そこに私は手を突っ込む。魔女に伝授された空間収納魔法だ。

店員は一瞬驚いた顔を見せるが、すぐさま表情を戻した。

「お客様は、優れた魔法使いでいらっしゃったのですね」

へえ。さすがは王都の一流店。空間収納魔法を説明しなくとも受け入れるとは。王城の宮廷魔法師団の人が、店に来たりするのかね。

そうして私は店員に衣装の借用代金を払い、三人を引き連れて店を後にした。

「さて、私の用事は終わったけれど、これからどうしようか」

まだ昼前といった時間帯だ。休日で、せっかく城下町にいるのだ。このまま王城に戻るというのも味気ないだろう。

「でしたら私、ティニク商会に本を買いに行きたいですわ。キリンさんという、優秀な荷物持ちもいることですし」

カヤ嬢……早速私の空間収納魔法の有用性に気づいたな。

「実家ですか……」

友人を引き連れて、自分の家であるティニク商会に向かうことに、微妙な表情を浮かべるカーリン。そんなカーリンを見て、ククルがにこりと笑った。

「カーリンさんのドレス姿も見たいですわ！　ご実家ならドレスがあるのでしょう？」

「ええっ、ドレスっすか……」

「行きましょう行きましょう」

そうして私達はそのままティニク商会に向かい、ショッピングをして楽しい休日を過ごしたのだった。

◆◇◆◇◆

騎士ヴォヴォの結婚式は、王都で一番有名なホテルの一角を貸し切って行われる。式次第としては、婚姻の儀式、そして披露宴の二部に分かれている。

最初の婚姻の儀式は、この世界の最大宗教である世界樹教の司祭が進行する。

ホテルのダンスホールに椅子が並べられ、参列者はそこに座って儀式を見守る。私とカーリンは貴族ではないため、最後列の席に座って儀式の進行を眺めていた。

新郎新婦は司祭の前で世界に対し婚姻の宣言を行い、愛を誓う。貴族の結婚に愛があるかは定かではないが、今回ばかりは愛による結婚だ。騎士ヴォヴォはロリコンをやめ、真実の愛に目覚めたのだ。

司祭が聖句を唱え、ぴかっと光る。新郎新婦も聖句を唱え、ぴかっと光る。

この世界では特定のワードを口にすると、世界樹がそれに応え、なんらかの恩恵を授けてくれる。そのとき、恩恵が発動したことが解りやすいよう、光って知らせてくれるのだ。その光がとても神秘的に見えるため、世界樹教は世界から正式に認められた宗教として、広く万民に親しまれてきた。

この国では冠婚葬祭には必ずと言っていいほど世界樹教が関わってくる。それでいて教会の権力は貴族の権威を脅かしたりしないのだから、真っ当で善良な宗教組織である。

儀式は順調に進み、最後に司祭が長い聖句を唱えると、祝福するかのように光の粒が新郎新婦の上に舞った。

司祭はそれを満足そうに眺めると、ダンスホールからゆっくりと退室していった。そして、それに続くように、新郎新婦もダンスホールを去る。儀式はこれで終わりだ。方々から疲れた感じのため息が漏れる。まあ、真面目な儀式って息が詰まるよな。

そして、式の進行役から、披露宴に移るためダンスホールにテーブルを運び込む、という案内が入る。

披露宴は立食パーティだ。参加者の大半は騎士であるため、皆飲んで騒ぐことが予想された。私は側に未成年のカーリンがいるので、騎士に変なことをされないよう彼女につきっきりで見守ってやらないとな。

やがて、ホテルの従業員の手によってテーブルが搬送され、料理が次々と運ばれてくる。さすがは王都一のホテル。手際がいい。

「まだ始まってもいないのに、料理に群がっていますね……」

カーリンが呆れたように言う。

騎士には代々騎士団の幹部となる貴族家の嫡男以外にも、平の正騎士として教育がなおざりな三男四男といったものがいる。家を継がない貴族の子は、法服貴族を目指すか騎士になるしかない。今、料理に群がっているのはそんな三男四男の騎士達だろう。服装も、お高そうな礼装ではなく、騎士団の制服を着ているしな。

「騎士の制服で参加できるのは羨ましいな……。私も侍女のドレスで参加できるならしたかったよ」

「いやー、さすがに侍女の服は場違いですよ」

そうかねえ。王城侍女のドレスって、公式な場にも着ていけるくらい、しっかりとしたドレスだと思うのだが。

私は自分のパステルカラーのドレスを見下ろし、そして隣のカーリンのドレスを眺めた。

カーリンが着ているのは、真っ白な子供用のドレスだ。さすが天下のティニク商会と言うべきか、スパイダーシルクでできたお高いドレスである。淡いエメラルドグリーンの髪色も相まって、清楚な雰囲気を漂わせていた。

見る人が見れば、彼女を見初めることもあるだろう。ただ……存在感が希薄なんだよなあ、カーリン。今回の立食パーティで彼女が騎士に声をかけられることは、そうそうないだろうな。ティニク商会の娘ともなれば、平の騎士の嫁としては上等なのだが。

やがて、ホールの中央に並べられていた椅子も撤去され、立食パーティの準備が整った。そして、式の進行役がホールに響く声で告げる。

「新郎新婦がご入場なさいます。拍手でお迎えください」

『結婚行進曲』のようなものは、この国には存在しない。参加者一同による盛大な拍手の中、新郎新婦が入場してくる。

ホールのど真ん中を進む二人に、周囲から「ちゃっかり年下捕まえやがって！」「姉さん女房とは贅沢だな！」「式が急すぎるんだよボケ！」と野次が浴びせられる。荘厳な婚姻の儀式と違って、披露宴は完全に身内のノリだ。上級貴族の披露宴ならまた違うのだろうが、この場にいるのはほとんど、がさつな騎士だからな……。

そんな野次を笑顔で受け流した新郎新婦二人は、ホールの奥にある席に座った。立食パーティだが、新郎新婦だけは席が用意されているのだ。新郎新婦は仲むつまじげに互いを見つめ合っている。

そんな二人の様子をカーリンは「ううー」と呻いて眺めていた。

まだ失恋から立ち直っていないのか。これはかりは、時間が経つのを待つしかないな。

「これより結婚披露宴を始めさせていただきます。立食パーティとなっておりますので、テーブルの上の料理はご自由にお取りになってください。飲み物はお近くの係員にお申し付けくださいませ」

そう進行役が宣言すると、参加者達が思い思いに動き出した。礼服を着込んだ騎士幹部や貴族家の者らしき人達は、新郎新婦の方へと向かっている。二人に挨拶をしにいっているのだろう。

「私達も、ヴォヴォ達に挨拶に行こうか」

私はそうカーリンに告げる。ここでいきなり料理をむさぼりにいくのは違うだろう。

「……はい」

と、カーリンは渋々と了承した。

挨拶のために列を作る貴族達の一番後ろに、私達は並んだ。

そして、周囲を見回しながら待っていると。

「おお、キリンではないか」

私に声をかける者がいた。声のした方に目線を向けると、そこにいたのは昔なじみの知り合いだった。

「ああ、ナシーか。久しいな」

声をかけてきたのは、上等なドレスに身を包んだ十代後半の少女。後ろには、礼服に身を包んだ天使の姿が見える。そう、天使である。火の神の使いである天使が、なぜか少女の後ろに控えていた。

「キリンがこんなところにいるとは思わなかったぞ！」

「騎士ヴァヴォとは、ちょっと縁があってな」

「ほう？」

「ちょっと特訓に付き合ってもらったんだ」

「なに!?　それは羨ましい限りだな！」

そんな会話を少女と繰り広げていると、隣にいるカーリンが気配を薄くして隠れようとしているのが感じとれた。おっと、放って置いてしまったな。

「ナシー、今日は連れがいてな。ティニク商会のご令嬢、カーリンだ」

「ほう、ゼリンのやつの娘か。話には聞いていたが会うのは初めてだな。私はハンナシッタだ。よろしく」

「えっ、そのお名前は……」

ぎょっとした顔でカーリンが驚く。そんなカーリンに向けて私は言った。

「王妹殿下だ」

そう、ハンナシッタことナシーは、国王の妹である。王族が近衛騎士でもない騎士の結婚式に参列するとは、驚きだな。

「キリン様、なんで殿下とそんなに親しげなんですか!?」

「キリンは兄上とも親しいぞ！　十年来の親友ってやつだ！」

「ええー……」

確かに今の国王とは、彼が王太子の時代からの付き合いだ。その縁で、王妹のナシーとも親しくしてもらっている。

「しかし、歩兵剣総長と特訓をしたのか。最近、彼が急に気功術の腕を上げたのはそのためか……」

歩兵剣総長とは、騎士ヴォヴォの肩書きだ。貴族の武門階級のことを私は騎士と脳内で日本語訳しているが、実際には生き物に騎乗するとは限らない。

「ナシーはヴォヴォと親しいのか？」

「彼は王都勤務だから、よく剣の腕を競い合ってるぞ！　気功術は私の方が上だが、剣の腕は彼の方が優れている」

ナシーは王族ながら、過剰なほどに武術を嗜んでいる。騎士に匹敵するほどだ。まあ、国王も武に優れているから、この国の王族とはそういうものなのだろう。

続けて、ナシーが語る。

「だが、最近急に気功術の腕を上げてなぁ。キリンのおかげだったのか。そうだ、後で面白いものが見られるぞ」

「面白いもの？」

「新郎による催し物だ。ま、楽しみにしているんだな」

そうして私とナシーは二人で話し込み、新郎新婦に挨拶する列が前に進んでいく。

やがて、列は消化され私達の挨拶の番になった。

「ではな、今度は私と特訓をしてくれよ」

そう言ってナシーは去っていった。その後ろを天使が付いていく。話すことはなかったが、護衛なのだろうか。

しかし、王族が結婚式に参列したとなると、ヴォヴォの結婚には箔がつくな。急な日程だというのによく来たものだ。

そんなことを考えながら、順番が来た私とカーリンは新郎新婦の前に立った。本人を前にして再び「ううー」と呻くカーリンを横目に私は淑女の礼を取って、二人に話しかける。

「このたびは、ご結婚まことにおめでとうございます」

「ありがとう。結婚のきっかけを作ってくださったセト殿に祝ってもらえて、とても嬉しい」

騎士ヴォヴォの私への呼び名は、どうやらセト殿に収まったようだ。姫として崇拝する様子はも

うないようだな。

「そしてそちらは、下女のカーリンさんか。急な式にわざわざ来ていただき、感謝する」

ヴァヴァがカーリンに騎士の礼を取った。その視線は、確かにカーリンの存在を捉えている。

私はそんなヴァヴァに向けて言う。

「ヴァヴァ様は、カーリンをしっかりと視認できるのですね。彼女は、何かの魔人なのか、存在感が希薄なのですが……」

「夫は、気配察知の能力に優れているのだ。王都での悪人の捕縛には、夫が呼ばれることも多い」

ヴァヴァの隣に立つ新婦である緑の騎士団の副団長が、誇らしげにそう言った。

なるほど、いろいろと納得がいった。なんらかの手段で気配を読み、カーリンの存在を認識しているのか。カーリンは惜しい男を逃したな。

「改めて、私と夫の婚姻のきっかけを作ってもらい、感謝する」

新婦の副団長が騎士の礼を私とカーリンに向けた。花嫁衣装で騎士の礼を取るのは、なんだかおかしいな。

そんな新婦をカーリンはじっと見つめた。そして、ゆっくりと口を開く。

「……どうか、どうかヴァヴァ様を幸せにしてあげてください」

「妻を幸せにしてあげねばならないのは、むしろ私の方なのだが……」

カーリンの言葉に、新婦の横のヴァヴァが苦笑して言った。対して、新婦はというと。

「約束しよう。夫をこれ以上ないほど幸せにしてみせると」

そう真面目な声で確かに答えた。

「差し当たって、彼が将来の騎士団長になれるよう、徹底的に鍛えるところからだな」

「ははは、お手柔らかに……」

新婦の言葉に、乾いた笑いを漏らすヴォヴァ。

「なんだ、ヴォヴァは騎士団長を目指すのか！」

横から、大声を上げながら中年の貴族が近づいてくる。彼は確か、緑の騎士団の騎士団長だ。以前、青と緑の騎士団の合同訓練に参加したときに、顔を合わせたことがある。

「お前ならいずれ後任を任せられるかもしれない。これは、今後は厳しく育てないとな！　わははは！」

低く響く声で、巨漢の騎士団長が笑った。その顔にはわずかに朱が差している。なんだ、披露宴は始まったばかりだというのに、もう酔っているのか。

「総長は騎士団長コースなのか!?」

「こりゃあすげえ目標をぶち上げたもんだ！」

周囲から、酒の杯《さかずき》を手に持った騎士達が集まってくる。そして、わいわいと騒ぎ出した。

私とカーリンは新郎新婦に一礼し、その場を離れることにした。

「さて、せっかくの立食パーティだ。何か腹に入れるか」

「あまりお腹がすいていないのですが……」

「まあ、気分転換に飲み物でも口に含むといい」

そうして私達二人はテーブルに近づき、周囲にいたホテルの係員を呼んでジュースを持ってきてもらう。

カーリンは酒を飲める年齢ではないし、それに付き合う私も酒は控えるべきだろう。そもそも私の見た目だと、酒を頼んでも拒否されるか。

係員から配られたジュースを飲み、料理に舌鼓を打つ。うーむ、さすが王都一のホテル。なかなかの料理だ。肉料理多めなのは、牧畜の盛んな王都の特徴だな。

料理を楽しむことしばらく。式の進行役が再び前に出てきてアナウンスを入れた。

「これより、新郎による演舞を行います」

その宣言に、会場中からおおーっと声が上がる。

演舞？　あの礼装でやるのか？

ホテルの係員の手によって、ダンスホールの中央に何かが運び込まれてくる。金属の台に載せられた、鉄の棒？

「歩兵剣総長ヴォヴォ様の、『斬鉄』への挑戦です！」

進行役の言葉に、また会場が沸く。鉄を斬るとな。あいつ、できるのか。

ホールの中央に設置された鉄の棒の前に、ヴォヴォが立つ。そして、彼の前に係員が長剣を運んでくる。

剣を受け取ったヴォヴァは、鞘から剣を抜き、正眼の構えを取った。すると、彼の身体の周りから光が激しく立ち上ってきた。気功術だ。これは、以前特訓のときに見せていたものとは、比べものにならない闘気の量だ。特訓から半月も経過していない。この短期間に、これほど気功術の腕前を上げていたのか。

「せいっ！」

一閃。長剣が振り下ろされ、太い鉄の棒は二つに斬れた。

ダンスホールがしんと静まりかえり、一拍おいて大歓声が上がった。

ヴォヴァが鞘に剣を納めると、傍らで見守っていた新婦が彼に勢いよく抱きつき、激しく口づけをした。

すごいな。鉄を斬るには、闘気で身体能力を上げるだけでは不十分。闘気を剣の先まで浸透させる必要がある。いつのまに習得していたのか。

そんなことを考えながらヴォヴァに視線を向けていると、新婦の腰を抱いた彼が高らかに告げた。

「私に気功術の秘技を授けてくれたキリン・セト・ウィーワチッタ殿と、その特訓を見守ってくれたバガルポカル・カーリン・ティニク嬢に、この場を借りて感謝を捧げたい！」

再び会場が沸く。騎士達の視線が、一斉に私の方へと向けられた。以前訓練に参加したから、この場にいる騎士達は私の姿を知っているのだよな。あんなことを言われたら、私に注目が集まるのも仕方がない。

私の周囲に騎士達が集まってきて、どんな指導を行ったんだ、自分も特訓をしてくれと、次から次へとまくし立てられることになった。

私は、個別指導は受け付けていないと固辞して、なんとかその場を乗り切った。今の私はただの侍女なのに、騎士団の指導役なんてやっていられない。ちなみにカーリンは、気配を薄めて注目を浴びないよう努めていた。

その後も、騎士達による演舞や、相撲のような力比べで披露宴は盛り上がった。次々と酒が飲み干され、皆ふらふらになりながら披露宴は終わりに近づく。

拍手でお送りください、とのアナウンスで新郎新婦がダンスホールを立ち去り、とうとう結婚式は終了した。

酩酊して足元がおぼつかない騎士は、係員に話してホテルに部屋を取るようだ。

酒の入っていない私とカーリンは、大人しくホテルを後にすることにした。ティニク商会の馬車が迎えに来ており、私とカーリンはそれに乗り込む。

騒がしい披露宴から一転、馬車の中は静寂に包まれている。

無言でうつむくカーリンに、私はどう声をかけたものかと逡巡し、そして言った。

「なあカーリン」

「……はい」

「初恋というのは儚く散るものさ。それが経験となり、人生に深みが増すってものだ」

それっぽいことをカーリンに語った。

「……そうですか。キリン様もそういうご経験が？」

「いや、私は初恋自体したことがないが」

そんな私の返答に、カーリンは肩を落とした。

「ええー……初恋もまだの人に、恋による人生がどうこうとか、言われたくないです」

「う、うん。すまん」

「初恋を済ませた私は、キリン様より人生に深みがあるということですか」

「どうかな。もしかするとそうかもな」

そんなことを言い合って、私達は小さく笑った。

騎士ヴォヴォは披露宴の間中、新婦の副団長と一緒に幸せそうに笑っていた。

カーリンも、この結婚式をきっかけとして、気持ちを振り切って新しい恋に生きてもらいたい。

そんな都合のいいことを私は願うのであった。

あとがき

この作品は、小説投稿サイトである「Arcadia」と「小説家になろう」で、二〇一二年から連載を開始したネット小説に、加筆修正をした物になっています。……そうです、実は書きはじめたのがとても昔なのです。

思い返してみると、二〇一二年当時のオリジナルネット小説は、このあとがきを書いている二〇一九年と比べて流行がかなり違いました。特に女性向け恋愛物。今のネット小説の女性向け恋愛物といえば、「乙女ゲーム世界の悪役令嬢に異世界転生してしまったので、ゲームの展開を変えつつヒーロー達に惚れられる」といったものが大人気です。これも流行ってから長いのですが。

それに対し、昔の流行りといえば、「側室として国王の後宮に入ったものの、国王に存在を知られていない日陰者の主人公。しかし、ある日国王にその存在を知られ、始まる二人の恋……！」といった物だとか、「王宮に侍女として入ったばかりの主人公。真面目に仕事をしていたら、ある日王宮に勤める貴族の男性に見初められて……！」といった物でした。王宮物が人気でしたね。

そして、この作品もその王宮の侍女物！　当時の流行りの二番煎じ……いいえ、大いに参考にしたものだったのです。しかし、月日が経ち、世の流れが乙女ゲーム転生学園ファンタジー物に偏った今、この作品は逆に新鮮に見えるのではないでしょうか。見えるでしょうか。見えたらいいな。

まあ、そもそもこの作品は女性向け恋愛物ではないのですが。両性向け日常物です。

そんな本作、『怪力魔法ウォーリア系転生ＴＳアラサー不老幼女新米侍女』。……属性もりもりですね。幼女を名乗りつつ、主人公の実年齢は二十九歳で、しかも不老になったのが十歳で、見た目は九歳相当と、本当に幼女扱いでいいのか。そんなことを何度も自問自答してきましたが、まあこういうのは言った者勝ちだなということで、幼女扱いのまま突き進んでおります。

侍女で幼女。この作品で、他に抜いてはいけない要素があります。それは、ＴＳ（性転換）です！

この小説がこうして書籍という形で世に出るきっかけになったのは、アース・スターノベル大賞という小説賞でした。「小説家になろう」の投稿作品を対象にした小説賞で、この作品もそれに応募して入選をいただきました。

この作品はタイトルにもある通り、ＴＳというマイナーな題材を取り扱っています。ですので、マイナー題材でしかも王宮物という古さなので、「一次選考にすら引っかからないかもしれない……」とちょっとネガティブな考えが、応募中も浮かんでいました。

しかし、蓋を開けてみると、十作品の入賞作のうち、この作品も含めた三作品が『ＴＳ主人公を扱った小説』という結果でした。

これには驚きましたが、よくよく思い返してみますと、アース・スターノベルは『野生のラスボスが現れた！』や『転生吸血鬼さんはお昼寝がしたい』といった人気のTS小説を元々取り扱っているレーベルです。TSをマイナーな題材と見放さない、イカした感性を持つ審査員の方がいらっしゃるのでしょうね。これを機に、TSを取り扱うネット小説がさらに増えてほしいところですね。あ、ネット小説に限らず商業作でも増えてほしいです。


そんな侍女で幼女、さらにTSな本作品ですが、エピソードを一つ書き下ろしています。あとがきから読むタイプの方が時折いらっしゃるそうなので、ネタバレを控えめに紹介しますと、これはWEB掲載版でいうところの第一章と第二章の間の時系列の物語で、話は第一章の直接的な続きとなっております。第一章の終盤で、ちょっとかわいそうだな……となったあのキャラがいい扱いを受ける、そんなお話です。

ククルとカヤとカーリンも出てきて、お得感満載です。


そして素晴らしいことに、本書にはカラー表紙とカラーイラストと挿絵がつきます！　本書を手に取っている方は、当然もう目にしていらっしゃいますね。

イラストを担当してくださったのはハル犬様です。イラスト、可愛いですよね。

元々、ＷＥＢ掲載版の主人公キリンは、三つ編みという地味な髪型で書かれていました。ハル犬様も最初はその通りに描いてくださったのですが、「やっぱなしで」と唐突に髪型の変更を要求するという私の暴挙にもめげず、可愛い新生キリンを完成させてくださいました。

他にも、「この世界の空に雲はない」だとかいう面倒な指定をしたり、「可愛くなるなら設定は気にせず自由に」とかいうふわふわした指定をしたりと、困惑させてしまったかもしれません。

ハル犬様にはこの場を借りて、お礼申し上げます。

そして、担当の大友様にもお礼申し上げます。

リアルのみならず、ネットでも口下手な私の事務的すぎるメールにもめげず、明るいメール文面でこちらを楽しませてくださるいい方です。こちらの無茶な要求にも、気を悪くされず対応してくださり、頭が下がるばかりです。

最後に、「Arcadia」と「小説家になろう」でこの作品を応援してくださった読者の皆様、まことにありがとうございました。皆様のおかげで、度重なる休載にもかかわらず筆を完全に折ることなく、こうして書籍という形になるまで頑張ることができました。

前述した通り、ＷＥＢ掲載版は二〇一二年からの連載ですが、実は連載が止まっている期間の方が長いというありさまでした。が、読者の皆様の感想をはげみに何度も連載を再開してきました。

ＷＥＢ掲載版はまだ完結していないので、引き続きよろしくお願いします。
以上、皆様の本棚にこの作品が残り続けることを願う、Ｌｅｎ・ｉでした。

発売おめでとう
ございます!!

EARTH STAR NOVEL

怪力魔法ウォーリア系
転生 TS アラサー不老幼女新米侍女

発行 ―――――――― 2020年1月16日　初版第1刷発行

著者 ―――――――― Leni

イラストレーター ―――― ハル犬

装丁デザイン ―――――― 関善之＋村田慧太朗（VOLARE inc.）

発行者 ―――――――― 幕内和博

編集 ―――――――― 大友摩希子

発行所 ―――――――― 株式会社 アース・スター エンタテイメント
〒141-0021　東京都品川区上大崎3-1-1
目黒セントラルスクエア　5F
TEL：03-5561-7630
FAX：03-5561-7632
https://www.es-novel.jp/

印刷・製本 ―――――― 図書印刷株式会社

ISBN 978-4-8030-1378-8